novum pro

AF172298

JANA FISCHER

Die Reise zum Mondstein

novum pro

www.novumverlag.com

Bibliografische Information
der Deutschen Nationalbibliothek:

Die Deutsche Nationalbibliothek
verzeichnet diese Publikation in
der Deutschen Nationalbibliografie.
Detaillierte bibliografische Daten
sind im Internet über
http://www.d-nb.de abrufbar.

Alle Rechte der Verbreitung,
auch durch Film, Funk und Fernsehen,
fotomechanische Wiedergabe,
Tonträger, elektronische Datenträger
und auszugsweisen Nachdruck,
sind vorbehalten.

© 2021 novum Verlag

ISBN 978-3-99107-557-8
Lektorat: Bianca Brenner
Umschlagfotos: Igor Marusitsenko,
Franciscah, Leo Lintang,
Elizaveta Chereliss | Dreamstime.com
Umschlaggestaltung, Layout & Satz:
novum Verlag

Gedruckt in der Europäischen Union
auf umweltfreundlichem, chlor- und
säurefrei gebleichtem Papier.

www.novumverlag.com

PART 1
POV DAI

„Dai! Dai! Aufwachen! Wir müssen los!" Ruckartig fährt Dai hoch. Ihr Bruder Schè steht vor ihr. Sie reibt sich über die Augen und streckt sich. Sie lässt ihre kräftigen Arme kreisen, dehnt ihre Beine und steht dann auf. Schè hebt die Augenbrauen und sein kühler Blick ruht auf ihr. Schnell packt sie ihren Schlafsack zusammen und rollt die Plane auf. Schließlich hilft er ihr und gemeinsam bauen sie das Lager ab, das sie gestern Abend aufgebaut haben. „Hier, etwas Beißerfleisch für unterwegs! Teil es dir gut ein, der Weg ist noch weit und wir haben nicht viel!" Dai nickt und fängt den kleinen Lederbeutel, den ihr Bruder ihr zuwirft. Sie bindet ihn sich an den Gürtel und setzt seufzend ihren schweren Rucksack auf. Ein letztes Mal prüft sie ihren Gürtel. Alles da. Das Messer, die Steinschleuder, der Beutel mit Beeren, der mit Fleisch, eine Flasche mit Wasser. Dann nickt sie. Sie haben in einer kleinen Höhle übernachtet, gut geschützt im Gestrüpp, um vor Feinden in Sicherheit zu sein. Schè schiebt sie vor sich her durch das Gestrüpp hinaus auf die kleine Lichtung. „Komm, lass uns dem Fluss folgen! Meister Ipo hat gesagt, dass wir in ein, zwei Tagesmärschen zum Tal der Elfen kommen sollten! Also los!" Dai folgt ihrem Bruder, der gerade zwischen den Bäumen verschwindet. Meister Ipo, der Chi-Meister, der die beiden ausgebildet hat, hat ihnen gezeigt, wo sie lang müssen. Vom Südosten, wo ihr Dorf liegt, sind sie schon einige Tage bis zu dem Tempel gelaufen, in welchem Ipo lebt. Vier Jahre haben sie von ihm gelernt. Von dort sind sie dann direkt den Anweisungen des Meisters gefolgt und immer geradeaus gelaufen. „Wenn ihr immer weitergeht, dann könnt ihr den Berg nicht verfehlen. Wenn ihr Glück habt, dann kommt ihr an keinem Dorf vorbei, zumindest an keinem gefährlichem. Doch seid immer vorsichtig. Dörfer können gut oder böse sein. Wenn sie euch komisch vorkommen, dann haut ab! Manche Menschen mögen keinen Besuch!" Das hat Meister Ipo ihnen geraten. Und so haben sie sich aus den Dörfern möglichst ferngehalten. In dem ein oder anderen haben sie ihre Vorräte aufgefüllt, doch sobald einer auch nur den Finger gekrümmt hat, sind die beiden weitergelaufen, immer weiter nach Norden. Drei Wochen sind sie nun unterwegs, bestenfalls noch zwanzig quälende Tage müssen sie laufen, bevor sie am Ziel ihrer Reise ankommen. Dem Ziel, von dem die meisten Menschen nur träumen können – dem Mondstein. Plötzlich verliert Dai den Halt. Sie stolpert über eine gewaltige Wurzel und schlägt sich das Knie auf. „Mann, Dai!" Schè kann sich ein Grinsen nicht verkneifen und hält ihr seine große, raue Hand hin. Kaum konnte er laufen und gescheit einen Hammer in der Hand halten, arbeitete er mit ihrem Vater an der Werkbank. Die beiden waren dann bis weit nach Sonnenuntergang unten im kühlen Keller. Sie hörten erst auf, wenn Dai schon längst schlief. Schè schlich sich dann in ihr Zimmer und legte sich vorsichtig zu ihr. Und dann beobachtete er ihren Schlaf. Am nächsten Morgen, während Dai mit Mutter zum Feld ging, da machten sich Schè und Vater wieder an die Arbeit. Vormittags arbeiteten die beiden entweder im Wald oder sie halfen, was eher selten vorkam, Dai und Mutter auf dem Feld. Sobald die Sonne jedoch ihren höchsten Stand erreichte und die Hitze unerträglich wurde, da verzogen sich die beiden in den Keller. Die beiden Frauen machten sich entweder im Haus ans Essenkochen oder sie verrichteten andere Hausarbeiten. Das Leben war hart, ja, aber die vier kamen immer über die Runden, und im ganzen Dorf war Schè für seine Holzskulpturen und anderen Arbeiten bekannt. Dai dagegen sah man oft gegen Abend, wenn es wieder erträglicher wurde, mit großen Körben und dem Ochsenkarren auf dem Markt, um Waren zu verkaufen. Hauptsächlich Getreide oder Backwaren, doch zwischen den gut duftenden Brötchen versteckte sie die Skulpturen, die meist für ganz bestimmte Käufer waren. Dai lächelt bei der Erinnerung. Doch nun mussten die beiden gehen. Schon früh entdeckte man ihre Gabe. Wasser ist ihr Element, wortwörtlich. Der rotbraune Drache, welcher seine scharfen Krallen in ihr Fleisch an der Schulter bohrte, war unübersehbar. Manchmal, wenn Dai etwas mit Wasser machte, brannte ihre Schulter. Eine alte, weise Frau riet ihnen, Meister Ipo zu besuchen. Der nahm die beiden freundlich auf und zeigte ihnen, wie sie mit ihren Kräften umgehen sollten. Und dann erklärte er ihnen etwas über die Drachen und das Ritual. „Erde an Dai, bist du noch auf Empfang?" Dai schreckt zusammen. Ihr Bruder Schè steht vor ihr, seine kühlen, dunkelblauen Augen sehen sie forschend an. Sie wischt sich über die Augen und sagt dann: „Tut mir leid, was wolltest du noch gleich?" Er seufzt und erklärt: „Ich finde, wir sollten noch ein bisschen jagen gehen!" Er deutet auf seinen Bogen. Dai nickt und greift nach ihrer Steinschleuder. Sie bückt sich und sucht sich drei große Steine. Einen legt sie in die Lederöse, die anderen steckt sie sich in ihre Tasche. Sie bedeutet ihm, dass er in eine andere Richtung gehen soll. Er nickt und dreht sich um. Sie beschließt, sich in einem Gebüsch auf die Lauer zu legen und den Rucksack neben sich zu lagern, falls sie schnell losrennen muss. Und dort wartet sie. Zwischendurch nippt sie an ihrer Flasche, knabbert an dem trockenem Beißerfleisch. Plötzlich erspäht sie ein kleines Kaninchen. Sie wirbelt ihre Schleuder und feuert den Faustgroßen Stein auf das arme Kaninchen ab. Es wird an der Schulter getroffen. Die Wunde sieht schlimm aus, trotzdem rennt das kleine Kaninchen weg. Dai springt aus dem Gebüsch und hastet hinter ihm her. Nur wenige Meter später stürzt das Kaninchen und will sich gerade aufrappeln, da ist Dai über ihm. Es ist etwa so groß wie ihre Hand und ziemlich buschig, doch besser als nichts. Sie macht ihm den Garaus, indem sie ihm die Kehle durchschneidet. Dann bindet sie es an den Hinterläufen an ihrem Gürtel fest. Sie kehrt zufrieden zurück an ihren Platz. Dort legt sie sich weiter auf die Lauer, doch auch nach einer halben Stunde kommt nichts mehr vorbei. Sie steht auf und macht sich auf den Weg zu der Stelle, an der sich die beiden Geschwister getrennt haben. Unterwegs findet sie noch ein paar nicht giftig aussehende Beeren und isst probehalber eine. Sie schmecken nach Himbeeren, weshalb sie beschließt, welche einzupacken. Dann isst sie noch eine und geht weiter. Schè ist noch nicht da. Deshalb setzt sie sich an das Ufer des kleinen Baches, der ganz in der Nähe ist. Sie lässt das Wasser um ihre Hände fließen, wäscht ihr Knie aus. Sobald das Wasser ihr Knie berührt, verheilt die Wunde vor ihren Augen wie von selbst. Sie kennt das. Meister Ipo hat es ihnen gezeigt. Immer, wenn sie sich beim Training verletzte, ließ sie einfach etwas Wasser über die Stelle laufen und die Wunde war weg. Der Meister meinte sogar, dass sie sich so sogar vor dem Tod bewahren konnte. Deshalb trägt sie immer eine Wasserflasche am Körper. Sie hört ein leises Rascheln. Erschrocken fährt sie herum. Schè erscheint. An seinem Gürtel hängt ein Star. Dai lächelt und hebt ihr kleines Kaninchen hoch. „Nicht viel, aber ich denke, dass wir über die Runden kommen!" Schè beginnt, etwas trockenes Holz auf einen Haufen zu legen. Dann kramt er in seinem Rucksack nach Streichhölzern. So zündet er ein bescheidenes Feuerchen an, um ihr erbeutetes Fleisch zu braten. Dai reicht ihrem Bruder das Kaninchen und macht sich auf, nach Beeren oder Nüssen zu suchen. Sie hat noch nie ein Tier ausgenommen. Wenn sich mal ein Truthahn oder ein Beißer in dem Stacheldrahtzaun um ihr Feld verfing, dann nahm ihre Mutter ihn aus und kochte ihn über der Feuerstelle. Wenn Vater und Schè dann noch Pilze, Nüsse, Beeren oder Kräuter im Wald gefunden haben, dann konnten Mutter und sie eine leckere Suppe machen. Fleisch war ein sehr gern gesehener Ersatz zu Backwaren und Gemüse. Hin und wieder, wenn es ziemlich günstig war, konnte Dai vom Markt das ein oder andere Stück Rind oder Huhn erbeuten. Das war dann ein besonderes Mahl, genau wie Truthahn oder Beißer. Doch damals nahm ihre Mutter die Tiere aus. Und jetzt tut es Schè. „Dai! Komm her!" Dai dreht sich um. In der Hand hält sie einige ziemlich essbar aussehende Wurzeln. Sie bringt sie Schè. Eigentlich kennt sich Dai ziemlich gut mit Pflanzen aus, doch hier ist ihr der Name entfallen. Während sie die Wurzeln wäscht und schält, brät ihr großer Bruder das Fleisch. Er ist zwar nur zweieinhalb Jahre älter, aber tut so, als müsse er Dai beschützen. Dabei kann sie ziemlich gut auf sich selbst aufpassen. Sie probiert einen Bissen der Wurzel. Sofort steigen ihr durch den bitteren Geschmack

Tränen in die Augen. Jetzt weiß sie es. Es ist Ingwer. Sie schneidet den Ingwer in Scheiben und gibt Schè die Hälfte. Auch er verzieht das Gesicht, als er gespannt eine Scheibe isst. „Bäh, was ist das! Schmeckt ekelhaft!" Dai beruhigt ihn: „Ist nicht giftig, aber reich an Vitaminen!" Schè reicht ihr ein bisschen des getrockneten Fleisches. Sie nimmt sich den letzten Streifen getrockneten Beißer, dann legt sie das frisch gebratene Fleisch in den Lederbeutel. Genüsslich kauend packen die beiden zusammen, füllen ihre Flaschen auf und gehen. Das Kaninchen ist zart und saftig. Sie setzt sich zuletzt ihren Rucksack auf den Rücken und schlüpft durch den Träger. Schè packt ihre Hand und sagt: „Und jetzt, Dai, passt du am besten mal ausnahmsweise auf, wo du hintrittst!" Dai schüttelt lachend den Kopf und erwidert: „Mach ich doch immer, Brüderlein!" Auch er lacht und beide machen sich auf.

Sie bahnen sich den Weg durch verschlungene Pfade und undurchdringbares Gestrüpp. Als sie endlich wieder auf eine Lichtung kommen, auf der ein kleiner See ist, nähert sich die Sonne langsam dem Horizont. Sie sind heute gut vorangekommen. Wenn sie Glück haben, dann können sie morgen schon im Tal der Elfen sein. Dai freut sich auf die Elfen. Meister Ipo war auch bei ihnen, als er noch kleiner war. Bei seiner ersten Reise zum Mondstein haben sie ihn praktisch vor dem Tode bewahrt. Er wurde von ein paar Beißern verfolgt und einige Elfen haben ihn gefunden und gerettet. Beim zweiten Mal kam er zu ihnen, weil er ihren Rat brauchte. Elfen sind schlaue Wesen. Manche sagen, sie können die Zukunft voraussagen. Und das dritte Mal ist er durch Zufall in ihr Dorf gestolpert und gleich ein paar Tage geblieben. Dai setzt ihren Rucksack, der jetzt Tonnen zu wiegen scheint, ab und reibt sich die schmerzenden Schultern. Es ist angenehm warm, solange die Sonne scheint. Doch sobald sie verschwindet, holt die unendlich kalte Nacht sie ein. Dai isst noch etwas Ingwer und schluckt ihn mit etwas Wasser runter. Dann kippt sie sich Wasser über die Schultern. Augenblicklich verschwindet der Schmerz und macht dem angenehmen Gefühl von Nässe Platz. Dai sagt: „Mach du das Feuer!" Er antwortet: „Nein, mach du!" Sie schüttelt den Kopf. „Ich habe Angst vor Feuer!

Das weißt du!" Sie schiebt die Unterlippe vor und schaut ihn an. Er lacht und sagt: „Komm schon, es wird dir nichts passieren!" Sie seufzt und sagt ernst: „Schè, bitte! Ein kleiner Funke reicht, um mir Schmerzen zu bereiten! Bitte, mach du das Feuer!" Er nimmt ein paar trockene Äste und zaubert ein wunderschönes Feuer hin. Dai rutscht unbehaglich hin und her. Er schubst sie an. „War doch nicht schwer!", tadelt er sie. Sie schubst ihn weg und sieht ihn gespielt beleidigt an. Er lacht und sie rollt sich auf den Rücken. Schè ruft „Attacke!" und wirft sich auf Dai. Beide rangeln ein bisschen, bis sie keuchend nebeneinanderliegen und beobachten, wie die rote Scheibe sich dem Horizont näher. „Bald kommen die Lichter. Ich hab dir versprochen, etwas über sie zu erzählen, weißt du noch?" Schè stupst sie an und deutet auf den Himmel über ihnen. Dai nickt und lächelt. Sie blickt ihrem Bruder fest in die tiefblauen Augen. Plötzlich hören die beiden ein Rascheln. „Schè, was ist das?", fragt sie und klammert sich an ihn. Mit ängstlichen Blicken betrachtet sie die Umgebung. Plötzlich bricht zwischen den Schatten der Büsche eine Gestalt durch. Schè, der die Hand an seinem Messer hat, ruft: „Hey!" Er zieht das Messer hervor und steht auf. Die breiten Schultern ihres Bruders sind gespannt, bereit, sich auf die Gestalt zu stürzen. Das erkennt Dai sogar im Licht der untergehenden Sonne. Die Gestalt taumelt ins Licht. Dai erkennt eine weibliche Form. „Halt!", warnt Schè sie und stellt sich schützend vor sie. Doch diese steht auf. Die junge Frau hält sich ihre Seite, auf den Schultern hat sie einen großen Rucksack. Dai schiebt Schè beiseite und tritt vor. „Hey, ich bin Dai! Wer bist du?" Neugierig betrachtet sie sie. Das Mädchen ist höchstens 14, also knapp zwei Jahre älter als Dai. Sie hat dunkelbraunes Haar und dunkelgrüne Augen. Sie sieht mager aus, obwohl sie einen guten Bogen um die Schultern trägt. „Oh, hey! Tut mir leid, dass ich euch erschreckt habe, ich bin nur schon seit Tagen auf der Suche nach dem Elfental. Ich bin auf dem Weg zum Mondstein und habe mich dummerweise verlaufen! Habt ihr eine Ahnung, wo es langgeht?" Schè scheint sich ein wenig zu entspannen, er setzt sich hin und legt das Messer neben sich ab, immer noch in Reichweite. Sie setzt sich vor die beiden Geschwister. „Wir sind auch auf dem Weg zum Mondstein. Vielleicht kannst du mit uns kommen!" Sie erwidert: „Ich weiß nicht. Vielleicht ist es nicht unvernünftig. Zu dritt hat man bessere Chancen gegen Beißer und anderes Ungetier!" Schè fragt, mit etwas Skepsis in der Stimme: „Wie heißt du? Ich bin Schè, das ist meine kleine Schwester Dai!" *Hab ich doch schon gesagt!*, denkt sich Dai ärgerlich und schaut dann gespannt zu dem Mädchen. Dieses schüttelt den Kopf und erklärt: „Ich heiße Pëp!" Dai erwidert: „Das ist ein wirklich schöner Name!" Pëp lächelt schüchtern und legt den Kopf schief. Dai krabbelt auf den Knien zu der Feuerstelle, doch hält vorsichtshalber Abstand zu den bedrohlichen Flammen, die ihr, wie sie leider lernen musste, sehr schnell sehr starke Verbrennungen zufügen können. Sie nimmt ein wenig des Fleisches, welches sie noch haben, und serviert es mit einigen Beeren und etwas Ingwer auf drei Blättern. Die anderen beiden rutschen näher zum Feuer. „Wow, so gut habe ich seit Tagen nicht mehr gegessen!", nuschelt Pëp und leckt sich die Lippen. Dai grinst und beißt etwas Star ab. Als Pëp einen Bissen vom Ingwer wagt, steigen ihr die Tränen in die Augen und sie wedelt mit ihren Armen. „Ingwer, wenn ich mich nicht irre!", keucht sie. Dai nickt, weiterhin grinsend, und auch Schè hebt die Augenbrauen, sichtlich vergnügt. Es ist toll, sich mit einem anderen Mädchen zu unterhalten, nicht immer nur mit dem eigenem Bruder. Pëp schluckt schwer und fährt sich durch ihr langes Haar. Dai schaut in den schier endlosen Himmel. Die letzten Sonnenstrahlen scheinen auf sie herab, doch es wird zunehmend Kälter. Schè rutscht etwas näher an das Feuer und sagt: „Dai, wir verschieben die Lichterkunde auf morgen, okay?" Diese nickt. Schè hat recht, sie haben anderes zu tun. „Hey, Pëp, am besten halte ich die erste Nachtwache, damit du ausruhen kannst!" Dai fügt hinzu: „Ich übernehme den zweiten Teil!" Pëp sieht die beiden eindringlich an, doch schließlich sind sie alle von den Göttern auserwählt. Sie müssen zusammenhalten. Deshalb gibt sie nach, die Erschöpfung ist ihr ins Gesicht geschrieben. Dai und Schè vernichten die Reste des Abendessens, während Pëp die Schlafsäcke rausholt. Sie selbst hat glücklicherweise auch einen. Dai und

Pëp legen sich nebeneinander. Das Feuer und die Nähe des anderen wärmt sie und so schlafen beide beruhigt ein.

Dai wird von Schè geweckt. Sie setzt sich auf und reibt sich gedankenverloren die Stirn. Der Mond scheint hell vom Himmel. Schè rollt sich in seinen Schlafsack ein und schließt die Augen. Sie steht auf, doch sofort sehnt sie sich nach der Wärme ihres Schlafsackes. Sie streckt sich, dehnt ihre Muskeln und fährt sich übers Gesicht. Im hellen Schein des Mondes klettert sie auf einen Baum nahe dem See und ihren beiden Gefährten. Pëp liegt, in ihren Schlafsack gerollt, da, wie ein Baby. Dai beschließt, ihr voll und ganz zu vertrauen. Sie denkt nicht, dass das Mädchen den beiden Geschwistern gefährlich werden könnte. Schließlich ist sie allein gegen die beiden. Und außerdem verfolgen sie alle ein Ziel: den Mondstein. Dai zieht sich in eine Astgabelung und betrachtet die Lichter hoch am Himmel. *Sie zeigen uns den Weg*, überlegt Dai und lächelt. Während sie den nächsten Morgen abwartet und die schlafenden Gestalten bewacht, ritzt sie mit ihrem Messer Zeichen in die Rinde des Baumes. Als der Himmel langsam anfängt zu grauen, klettert sie ihren Baum hinunter und kehrt zum Lager zurück. Auf dem Weg hält sie an dem See. Sie kniet sich an den Rand des Wassers und berührt das Wasser. Ein brennender Schmerz durchzuckt sie, von ihrer Schulter ausgehend. Sie beißt sich auf die Lippe. Es ist, als würde ihr jemand Krallen in die Schulter bohren. Der Schmerz verharrt einige Sekunden, dann lässt er nach und hinterlässt ein mildes Gefühl der Wärme. Dai schöpft eine Handvoll Wasser und lässt sich das kühle Wasser in den Mund laufen. Dann spritzt sie sich das Wasser ins Gesicht und taucht ihre Arme bis zu den Ellenbogen hinein, und auch über ihre Schulter lässt sie es laufen. Dann steht sie auf, fährt sich durch ihre Haare, flechtet sich erneut einen Zopf und zieht ihr Shirt zurecht. Es ist aus grobem Stoff gemacht und mit Kordel und anderen Sachen verziert. Ihre Hose ist aus einem ähnlichen Stoff und relativ dünn. Trotzdem wärmt sie sie ziemlich gut. Ihr Haargummi hat sie selbst gemacht. Aus altem Gummi und etwas Stoff. Sie lächelt. Dann kniet sie sich neben das Feuer und schürt es etwas. „Wir sollten so schnell wie möglich loslaufen. Dann schaffen wir es vielleicht vor Sonnenuntergang bis zum Elfental, doch Essen hat erst mal oberste Priorität!", sagt sich Dai und packt ihre Vorräte aus den Taschen. Doch sie beschließt, in den Bäumen nach Eiern zu schauen. Und vielleicht findet sie noch ein paar Beeren oder Wurzeln. Also schlendert sie durch den Wald, immer in Sichtweite der Lichtung. Während die Sonne langsam aufgeht, den Himmel orange färbt und den Wald zum Leben erweckt, kann Dai einen Strauch mit Brombeeren ausfindig machen. Außerdem findet sie ein paar Haselnüsse. Sie kehrt zurück und teilt die Beute gerecht auf, während ihr Bruder und Pëp langsam aufwachen. „Morgen Dai!", nuschelt Schè und reibt sich die Augen. Pëp schaut sich um, dann fällt ihr Blick auf das Essen. „Wartet! Ich habe noch etwas!" Sie kramt in ihrem Rucksack und hält dann einen Beutel hoch. Dai nimmt ihn und findet Brennnesselblätter und etwas Löwenzahn. „Daraus können wir vielleicht noch Tee machen! Die Blätter scheinen noch halbwegs frisch zu sein. Wartet ..." Sie rennt zu ihrer Tasche und zieht einen Beutel heraus. Dann schöpft sie etwas Flusswasser und stellt es vor sich. Sie schließt die Augen und konzentriert sich. Dabei umschließt sie mit ihren Händen den Beutel. Langsam spürt sie, wie sich der Beutel aufheizt. Der Druck in ihren Ohren steigt. Ihre Haut fühlt sich nass an. Nass und warm. Das Wasser wird wärmer. Alle Instinkte in ihr schreien nahezu, sie soll den Beutel loslassen. Aber sie klammert sich an ihn, als wäre es ihr Leben. Sie kneift die Augen weiter zu, beißt sich auf die Lippe. Langsam verschwimmen alle Geräusche. Sie werden leiser und undeutlicher. Alles um sie herum scheint sich zu drehen. *Wann ist es fertig?*, fragt sie sich und öffnet eines ihrer Augen ein Stück. Doch da ist nichts. Nur die Wiese, der See, ihr Lager. Und Schè, neben ihm eine besorgt dreinguckende Pëp. „Was ... war das?", will sie zaghaft wissen, nachdem Dai aufgestanden ist und den Beutel mit dem fast kochenden Wasser Schè gegeben hat. „Ich bin eine Pluta. Ich beherrsche das Wasser!" Ihr wird bewusst, dass sie noch nicht mal weiß, was für eine Kraft Pëp besitzt. Deshalb fügt sie schnell hinzu: „Und du?" Pëp räuspert sich und antwortet: „Ich bin Raî!" Raî. Dai erinnert sich. Raî sind schlau. Sie können sich viel mehr merken und Dinge schneller erlernen. Davon hat Meister Ipo berichtet. „Schè, was ist mit dir?", fragt Pëp und beginnt, die Haselnüsse zu knacken. Schè antwortet: „Meine Kraft heißt Latia und heißt, dass ich gut mit Waffen umgehen kann!" Pëp antwortet: „Davon habe ich schon mal was gehört. Womit kämpfst du bevorzugt?" Schè nimmt seinen Bogen und zeigt ihn hier. Dai blickt zum Himmel. In weniger als einer halben Stunde wird die Sonne ganz aufgegangen sein. Sie müssen sich beeilen. Schè hat die Blätter schon in den Topf gegeben. Dai streicht über die feste Tierhaut, aus der der Beutel ist, um so das Wasser warm zu halten. Ungeduldig ruft sie ihren Gefährten zu: „Leute, packt schon mal! Wir müssen bald los, wenn wir heute noch das Dorf der Elfen erreichen wollen!" Die beiden Älteren nicken und beginnen, das Lager abzubauen. Dai stellt den Beutel hin und kniet sich vor das Feuer, das mittlerweile nur noch aus Glut besteht. Sie versucht, sich zu konzentrieren. Es hat schon mal geklappt. Doch diesmal will ihr das Wasser nicht gehorchen. Sie dreht sich zum Bach. Sie hat eine Welle von Wasser erwartet, die das Feuer löscht. Doch stattdessen ist das Wasser nur ein wenig über den Rand geschwappt. Sie taucht ihre Hand in das Wasser und schöpft es so die wenigen Meter bis zum Feuer. Als die gröbste Glut erloschen ist, zertrampelt Dai die Asche und die restliche Glut. Schè und Pëp haben schon die Schlafsäcke zusammengerollt und die Planen verstaut. Dai nimmt den Beutel und stellt ihn in die Mitte der drei. Sie knien sich auf das feuchte Gras und trinken schweigend von dem heißen Tee. Dabei essen sie die Nüsse, die Pëp geknackt hat, und die Brombeeren. Es ist ein einfaches Frühstück, aber die drei geben sich damit zufrieden. Sie müssen sich das Fleisch aufbewahren. Sie wissen nicht, wann es wieder die Gelegenheit gibt, zu jagen. Schließlich müssen sie heute eine weite Strecke zurücklegen. „Alles in Ordnung, Dai? Wir schaffen das! Mach dir keinen Stress! Wenn wir es heute nicht zum Dorf schaffen, dann aber morgen!" Auch wenn Dai und Schè sich hin und wieder streiten, eigentlich ist sie froh, ihn als großen Bruder zu haben. „Okay, danke!", nuschelt sie und lehnt sich gegen ihn. Pëp lächelt und lässt die letzte Beere in ihrem Mund verschwinden. Sie räumen alles weg, trinken das letzte bisschen Tee und machen sich abmarschbereit. Die Sonne kommt nun auch hinter den Baumwipfeln empor und die drei müssen sich beeilen. Sie laufen etwas schneller, um die vertrödelte Zeit wieder einzuholen. Gegen Mittag holt Dai etwas Fleisch und verteilt es. Während sie weiterlaufen, verzehren sie ihr Fleisch. Je länger sie durch den Wald laufen, desto weiter sinkt Dais Hoffnung. Sie werden es nie schaffen! Den ganzen Tag über machen sie keine Rast, laufen extra schnell. Das zehrt an Dais Kräften. Die Nachtwache, das spärliche Essen, der Weg ... Sie sehnt sich nach einem Ort, an dem sie sich hinsetzen kann. Sie ist die jüngste und kleinste der Gruppe und außerdem nicht besonders kräftig. Im Vergleich zu Schès starkem, muskulösen Körper und Pëps Körpergröße kommt sie nicht an. Aber sie kneift die Augen zusammen und kämpft weiter. „Dai, wir haben es bald geschafft. Du schaffst das! Es sind nur noch ein bis zwei Kilometer!" Dai schöpft neue Energie aus den guten Nachrichten von Schè und knabbert an ihrem letzten Stück Fleisch. Plötzlich erblicken sie eine Gestalt. Eine menschliche Gestalt. „Huch, äh, hi!" Dai taumelt zurück, als die Gestalt, die nur wenige Meter vor ihr steht, sich umdreht. „Wer seid ihr?", zischt sie und hebt einen Speer. Dai hebt die Hände und sagt: „Wir sind auf der Durchreise! Wir wollen zum Mondstein!" Der Junge lässt den Speer sinken. „Hey, ich auch!", sagt er und wirkt wenigstens etwas freundlicher. Dai atmet auf. „Gehst du immer so mit Fremden um?", fragt Schè stirnrunzelnd. Er murmelt: „Sorry ... Ich bin nur schon lange nicht mehr unter Menschen gewesen. Diesen Dörfern kann man einfach nicht über den Weg trauen. Ich bin auch auf dem Weg zum Mondstein ..." Pëp schlägt vor: „Komm doch einfach mit uns! Je größer die Gruppe, desto bessere Chancen haben wir! Wir sind gerade auf dem Weg ins Elfendorf. Dort machen wir eine Pause. Kommst du mit?" Sie hält ihm die Hand hin. Er überlegt, dann willigt er ein. „Ich bin Tão ... Damit ihr es wisst ..." Sie erklärt: „Ich bin Dai, das sind Schè und Pëp ..." Er nickt. „Wie sind bald da! Dauert nicht mehr lange!", verspricht Schè, als er Dais gequälten Blick sieht. Sie stöhnt auf und alle setzen sich in Bewegung. Doch wirklich, nur eine halbe Stunde später kommen sie an eine Waldlichtung. Inmitten von saftigem Gras und Blumen steht ein Dorf. Dankbar gibt Dai ihren zitternden Knien nach und sinkt zu Boden. Schè, der auch sehr fertig aussieht, animiert sie voll freudiger Erwartung zum Weitergehen. Sie laufen in das Dorf. Dai blickt sich begeistert um. Überall Elfen. Sie sehen so fremd aus. Aus ihren Schulterblättern wachsen Flügel, sie sind groß und zierlich gebaut, mit seidigem Haar und heller, glatter Haut. Dai lächelt ihre Gefährten an. „Wir sind da!" Das Dorf der Elfen. Sie laufen etwas herum. „Ähm … Verzeih mir, wir suchen nach dem Bürgermeister …" Eine der Elfen schaut sie an. „Du meinst, ihr wollt zu Okus, unserem Meister? Kommt mit!" Die schlanke, grazil wirkende Elfe führt sie zu einem großen Haus. Es besteht aus Holz, mit einem Dach aus Blättern und Blüten. Elegant schlängelt sie sich durch die Menge an Elfen in das große Haus, das sich von allen abhebt. „Okus, hier sind Gäste!", ruft die junge Elfe. Sie tritt in einen Raum ein. Mehrere Personen befinden sich in dem Raum. Verdammt große Flügel haben diese Elfen. Dai späht hinter ihrem Bruder hervor und erblickt drei männliche Elfen und eine junge Elfe. Ein Elf, groß, mit langem, weißen Bart und einem schmalen Gesicht, tritt vor. „Gäste? Was sagst du da, Tali?" Tali tritt zur Seite. Der große Elf betrachtet sie. In einer Ecke steht eine hübsche junge Elfe. Tão starrt sie an. Sie läuft zu dem bärtigen Elf. „Paps, Delîs ist krank!" Der Elf nickt, ohne zu ihr zu schauen. „Wer seid ihr? Wo kommt ihr her?" Die junge Elfe scheint nicht gerade begeistert von ihnen zu sein. „Wir", beginnt Tão, „sind Kinder der Götter. Wir sind auf dem Weg zum Mondstein und wollen in eurem Dorf eine kleine Rast einlegen. Wir sind erschöpft vom langen Laufen. Bitte erlaubt uns, hier einige Tage zu verschnaufen!" Der Bärtige scheint zu überlegen. „Paps!" Die junge Elfe schaut ihn fordernd an. „Nala, bitte stör mich nicht! Wenn deine Katze krank ist, dann geh zu den Schamanen!" Sie stemmt entsetzt die Hände in die Hüften und wendet sich zum Gehen ab. Dann ruft sie über ihre Schultern: „Sie ist keine Katze!", und rennt weg. Dai schaut ihr nach. „Ich werde eure Bitte in einer kurzen Versammlung besprechen. Tali, führe die vier zu den Hütten! Dort können sie sich ausruhen. Ich werde mich noch besprechen …" Er wendet sich an die beiden anderen Elfen. „Okay, kommt mit!" Tali bringt sie zu den Hütten. Sie sind kleine, aus Stroh und Lehm erbaute Hütten, in die ein oder zwei Personen reinpassen. Dai und Schè teilen sich eine Hütte. Die anderen gehen in je eine einzelne Hütte. In ihnen liegen auf einem Haufen große Strohballen. „Das erinnert mich an die Hütten bei Meister Ipo!", murmelt Dai. Sie wohnten in einem Bett aus Stroh und Heu, umspannt von einem Bettlaken, eingemummelt in Schlafsäcke und Decken. Es war alles in allem sehr bequem. Sie haben vier Jahre bei dem Meister gelebt und von ihm gelernt. Eine sehr lange Zeit. Doch er war gut zu ihnen. Er hat auf sie aufgepasst. Es war wirklich nett.

Nachdem sie das Stroh hingelegt und alles ausgepackt haben, liegen sie da. Für einen Schlafsack ist es zu warm. Doch die Ruhe währt nicht lange. Eine riesengroße Elfe schwebt in die Hütte. „Okus lässt euch rufen. Ihr sollt unbedingt zu ihm kommen! Ich führe euch zu ihm!" Dai zwingt sich mit einem gequälten Gesichtsausdruck zum Aufstehen. Die Geschwister folgen der großen Elfe zu einem großen Saal. Schon von Weitem riechen sie das duftende Essen. Dai läuft das Wasser im Mund zusammen. „Wow, das riecht gut!" Es ist ihr nicht wirklich aufgefallen, doch beim Anblick der köstlichen Speisen im Inneren des Speisesaals bekommt sie einen Bärenhunger. Okus tritt vor sie, gefolgt von einigen anderen Elfen. „Wir haben unsere Wahl getroffen. Ihr dürft für einige Tage in unserem Dorf verweilen und euch ausruhen. Aber es gibt gewisse Bedingungen!" Tão und Pëp gesellen sich zu ihnen. „… Und die wären?", fragt Pëp. Okus antwortet: „Ihr dürft essen und trinken, soviel ihr wollt, aber dafür müsst ihr ein wenig im Dorf helfen. Für heute gibt es nichts zu tun, aber morgen werde ich etwas Arbeit geben. Außerdem, und ich denke, das ist selbstverständlich, solltet ihr euch angemessen verhalten und keinen der Bürger verletzen, weder psychisch noch physisch. Alles weitere wird euch Nala erklären! Aber zuerst: Bedient euch! Guten Appetit!" Er tritt zur Seite. Dai muss sich sehr beherrschen, nicht gleich alles auf einmal zu nehmen, sondern zuerst in einer kleinen, aus feinem Holz geschnitzten Schüssel etwas Suppe zu nehmen. Dazu nimmt sie Brot und eine merkwürdige lila Flüssigkeit. Mit ihrem Essen geht sie zu einem Tisch. Er ist groß genug, damit die vier zusammen sitzen können. Sie werden von einigen Elfen schräg angeguckt. Schè und Pëp setzen sich zu ihr. „Die bekommen wohl nicht oft Besuch …", murmelt Dai und beißt von ihrem Brot ab. Es ist köstlich. Eine knusprige Rinde, doch das Innere ist so herrlich fluffig. Sie beißt von dem Brot ab. Ganz anders als die harten Fladen, die sie zuhause und auf der Reise hatten. Dann beginnt sie mit der Suppe. Sie hat etwas von Erbsen. Und vielleicht noch Karotten. Sie schmeckt aber sehr gut. Die Suppe ist etwas dickflüssiger als die, die sie von zuhause kennt. Und sie ist grün. Sie schaut zu dem Lehmbecher mit der lila Flüssigkeit. Sie nippt vorsichtig daran, während sie Schè und Pëp zuhört, die über ihre Fähigkeiten reden. Es schmeckt nach Beeren. Aber diese Beeren kennt sie nicht. Sie sind leicht bitter, aber sehr erfrischend. Sie nimmt einen Schluck und verzieht kurz das Gesicht. „Was ist das denn?", fragt Pëp. Sie antwortet: „Keine Ahnung. Schmeckt aber ziemlich gut …" Sie isst schnell auf und geht wieder zum Buffet. Sie entdeckt Nudeln mit Soße. Die nimmt sie mit zu ihrem Platz. Tão ist mittlerweile auch wieder da. „Wo warst du?", fragt Pëp Tão. Der zuckt mit den Schultern und beginnt, eine Art Pastete zu essen. Sie probiert die Nudeln. Sie schmecken anders als die, die sie kennt. Der Geschmack ist etwas nussig, aber nicht schlecht. Die Soße ist leicht fruchtig. Gewöhnungsbedürftig, aber nicht schlecht. Sie nimmt sich noch Brot mit etwas, das wie Käse aussieht. Es schmeckt auch wie Käse. Erstaunlicherweise fast so wie der, den sie kennt. Dann nimmt sie sich noch etwas, das sich als Kürbiskuchen entpuppt. Dann lehnt sie sich zurück und reibt ihren Bauch. „Wow, war das gut! Wann haben wir das letzte Mal so viel gegessen?", fragt sie und schließt die Augen. „Jetzt noch schlafen …" Doch bevor sie weiterträumen kann, wird sie von einer Stimme unterbrochen. „Ich soll euch das Dorf zeigen. Seid ihr bereit?" Sie dreht sich um. Diese Nala steht vor ihnen. Dai schaut die anderen an. Die nicken. Sie schaut wieder zu Nala. „Okay, kommt!" Fast schon lustlos geht sie vor und erklärt: „Unser Dorf fasst knapp 270 Elfen. Also, das ist das Essenszelt. Dahinter ist noch 'ne Küche. Direkt daneben ist ein kleines Feld mit Früchten und so. Wir haben auch noch Ställe, aber dazu später mehr." Sie entfernen sich vom Zelt und gehen Richtung Stadtmitte. Dann kommen sie zu einem Springbrunnen, der von einem kleinen Blumenbeet und Bänken aus ziemlich edel aussehendem Holz umgeben ist. Direkt daneben ist das Gebäude, in das sie am Anfang gebracht wurden. Dai vermutet, es ist sowas wie ein Rathaus. Nala erklärt weiter: „Da hinten sind die Tierställe, auf der anderen Seite sind eure Unterkünfte und sanitäre Einrichtungen. Ich zeige euch zuerst die Ställe. Kommt mit!" Sie folgen ihr. Dais Füße schmerzen höllisch, ihre Beine drohen jeden Moment einzuknicken. Sie ist erschöpft. Doch sie kämpft tapfer weiter. Sie kommen an Pferdeställen vorbei. Dort treffen sie auch Tali. „Hallo! Na, bekommt ihr eine private Führung durch unser bescheidenes Dörfchen?" Nala grummelt: „Wenn du willst, kannst du ab hier übernehmen!" Sie stützt sich auf eine Schaufel. „Ich kann nicht. Hab viel zu tun. Außerdem ist es ja deine Aufgabe, Nala! Na ja, jedenfalls sind das die Pferdeställe!" Die Pferde sehen normal aus. Dai beugt sich über den Zaun, um besser sehen zu können. „Wow!", macht sie und betrachtet die Pferde. Ein komplett weißes Pferd kommt auf sie zu. Sie streckt die Hand aus. Das Pferd schnuppert an ihr. Dai lächelt. Das Pferd geht zu Tali. Sie schlingt ihre Arme um das Pferd und die beiden schmusen. „Oh wie süß!", ruft Dai und beobachtet die beiden. Schè hebt sie von hinten hoch und sagt: „Komm mit!" Sie kichert und lässt sich von ihm ein Stück tragen. Dann setzt er sie ab. Sie schauen sich die anderen Tiere an. Rinder, Hühner, Schweine, eine ganz besondere Art von Vogel, erinnert ein wenig an ein zu groß geratenes Huhn mit kahlem Kopf und einem merkwürdigen Sack am Schnabel. Es ist schwarz bis dunkelgrau. „Das ist ein Truthahn. Wie ihr seht, ist es eine seltene Art. Die sind die letzten Exemplare ihrer Spezies. Sie wurden fast ausgerottet, von euch Menschen, früher. Hier sind sie in Sicherheit!" Ich betrachte die Tiere. Sie sehen wirklich schön aus. „Die armen Tiere ... warum haben unsere Vorfahren das nur getan?" Sie dreht sich um. Tão murmelt: „Aus Gier. Aus Geiz und Gier und so ... das hat mir mein Geschichtslehrer mal gesagt ..." Dai ist geschockt. Warum tut man sowas? Sie hält ihre Hand zu den Truthähnen. Diese scheinen sehr zutraulich zu sein, denn sie suchen nach Körnern. Sie piken ihr leicht in die Hand. Dai kichert und streicht einem der Hühner über den Schnabel. „Dai, komm!" Sie steht auf und folgt ihren Freunden. „Die Truthühner sind ja total zutraulich! Wie süß!", schwärmt sie. Schè lächelt Pëp an. Diese grinst zurück. Dai vergisst sogar für kurze Zeit, wie erschöpft sie ist. Sie bekommen noch die Toiletten und die Duschen gezeigt. Alles wirklich sauber und steril. Dann kommen sie endlich zu ihren Häusern. Dai sagt schnell: „Bis morgen!", und schlüpft in ihr Haus. Schè redet noch mit Pëp. Dai legt sich auf ihren Strohballen, mummelt sich in den Schlafsack ein und schläft relativ schnell ein.

PART 2
POV DAI

Der nächste Tag bringt Sonne. Dai sitzt neben dem kleinen Häuschen im Dorf der Elfen, in welchem sie sich von der anstrengenden Reise zum Mondstein erholen dürfen, und genießt die wärmenden Strahlen. Sie schließt die Augen und summt leise vor sich hin. Während sie so vor sich hin döst, hört sie die Stimmen von Pëp und Schè. „Hallo Schè! Wie hast du geschlafen?" Er antwortet: „Super! Das Stroh war echt weich. Und du?" „Auch. Wie geht es Dai?" Sie öffnet probehalber ein Auge. Schè antwortet: „Die liegt da hinten und ruht sich aus. Schlafen ist schließlich anstrengend!" Sie hört Pëp kichern. Auch sie selbst muss grinsen. Dann atmet sie tief durch und schließt wieder die Augen. „Okay ... wo ist Tão?" „Ich hab keine Ahnung. Na ja ... ich bin ja mal gespannt, welche Aufgaben wir so bekommen ... Hoffentlich nicht sowas wie Kloputzen oder so ..." Dai sieht Tão schon von weitem vom Duschhaus kommen. Als er hinter der Hütte aus Dais Blickfeld verschwindet, hört sie Schè sagen: „Hey Tão! Und? Wie sind die Duschen?" Er antwortet: „Joa. Die sind ganz okay ..." Sie beschließt, sich endgültig aufzurappeln und zu den dreien zu gehen. „Hallo Dai!", begrüßt sie ihr Bruder und sie umarmt ihn. „Na? Bist du bereit?" Sie gähnt. „Joa ... Hey, ist das nicht Nala?" Sie sieht Tãos Blick. Er heftet sich an Nala. „Hey Nala! Ein wunderschöner Tag, nicht?" Schè grinst sie an. Sie antwortet finster: „Ansichtssache ..." Sie läuft an ihnen vorbei. Tão schaut ihr sehnsüchtig hinterher. Pëp streckt sich, sodass ihre Gelenke knacken. „Lasst uns zum Essen gehen. Ich hab riesigen Hunger!" Im Speisesaal setzen sie sich an denselben Tisch wie gestern auch. Dai holt sich einen großen Berg gut duftender Pfannkuchen, übergossen mit einer ziemlich gut schmeckenden Flüssigkeit. Die Soße hat die Farbe von Bernstein und schmeckt zuckrig-süß. Sie beginnt eifrig mit dem Essen. Sie ist froh über die Abwechslung zu Beißerfleisch und Beeren. Dai spürt, wie sich jemand neben sie setzt, denkt zuerst, es wäre Pëp oder so, doch dann erblickt sie Tali. Sie hat sich Fleisch mit etwas, das wie Rührei aussieht, geholt. Tali betrachtet ihr Essen. „Pfannkuchen und Ahornsirup. Gute Wahl!" Sie fragt: „Was ist Ahornsirup?" Tali lächelt und erklärt es ihr. Sie sagt, es wäre mal sehr beliebt gewesen, doch seit sich die Welt verändert hat, gibt es das nicht mehr, weil es sehr selten ist. Dai leckt sich die Lippen. Das Essen schmeckt supergut. Sie schlagen sich die Bäuche voll. Tali weist sie an, sich im Rathaus einzufinden. Okus würde ihnen dann Aufgaben zuteilen. Als auch Schè den letzten Bissen seines Brotes genommen hat und sie sich noch fünf Minuten über das gute Essen und die netten Leute auslassen, gehen sie los. Sie betreten das Haus des Meisters. Dieser redet mit ein paar Elfen. Mit einer eiligen Handbewegung bittet er sie, sich zu setzen. Dai setzt sich zwischen Schè und Tão. Tão scheint, wie eigentlich immer, vollkommen emotionslos zu sein. Sie fragt sich, was er für eine Kraft hat. Er ist ziemlich groß, scheint sogar älter als Schè zu sein, und wirkt irgendwie bedrohlich. Sein pechschwarzes, knapp schulterlanges Haar hängt ihm ins Gesicht. Sie kann einen schwarzen Drachen mit roten Zeichnungen erkennen. Darüber steht etwas geschrieben: „Drãc me habita", also sowas wie „Der Drache gehört mir". Die schwarze Schrift sieht wie tätowiert aus, aber sie kennt das. Solche Schriften hat sie auch. Am ganzen Körper verteilt. Sie sind einfach da und gehen nie wieder weg. Auch Schè hat sie. Und bei Pëp hat sie sowas auch schon gesehen. Alle Kinder der Götter haben sie. „Okay, ich schaue es mir nachher an!" Okus hat sein Gespräch beendet und kommt zu ihnen herüber. „Guten Morgen! Habt ihr gut geschlafen? Entschuldigt, dass ihr warten musstet. Ihr seid sicher wegen der Aufgaben hier, mh?" Sie nicken. „Gut. Aber zuerst müssen wir noch ein paar formelle Kleinigkeiten erledigen. Kommt bitte mit!" Sie folgen ihm in einen kleinen Raum. Dort setzt er sich hinter einen hölzernen Schreibtisch. „Okay, bitte eure Namen! Einer nach dem anderen …" Nachdem das geklärt ist, werden sie über ihre Heimatstadt, die Absichten ihres Besuches und das Ziel ihrer Reise ausgefragt. Danach holt er eine Liste heraus. „Nala hat euch nicht zufällig über eure Rechte und Pflichten aufgeklärt, oder?" Sie schütteln den Kopf. „Dieses Mädchen …" Er runzelt die Stirn und überfliegt den Zettel. „Hier, eure Aufgaben für heute. Teilt sie euch selbst ein. Also, zu euren Rechten … ihr dürft euch hier frei bewegen, dürft an alle Orte, die nicht ausdrücklich verweisen, sie nicht zu betreten, ihr dürft gehen, wann ihr wollt oder sobald ihr eine der Regeln gebrochen habt. Ihr dürft essen und trinken, ihr habt das Recht auf medizinische Versorgung, wenn sie benötigt wird, ihr müsst euch unangemessenes Verhalten eines Elfs oder einer Elfe nicht gefallen lassen und dürft es melden … kurzum: ihr habt die Rechte einer vollwertigen Elfe. Auch was Pflichten angeht, ihr dürft keine andere Elfe verletzen, ihr müsst eure Aufgaben übernehmen und ohne Widerworte abarbeiten, ihr dürft keinem Essen, Trinken, medizinische Versorgung oder die Freiheit, sich zu bewegen, verweigern. Ihr seid im Prinzip vollwertige Elfen. Herzlichen Glückwunsch!" Er reicht ihnen einen weiteren Zettel. „Hier. Das bescheinigt eure Aufenthaltsgenehmigung. Wenn der Zettel verloren geht, kein Problem. Es ist nur eine Kopie, das Original befindet sich in dem guten alten Schrank da hinter mir!" Dai folgt seiner Hand. Da steht ein dicker Schrank. „Aha, okay. Wir dürfen gehen, wann wir wollen?", fragt Tão kritisch. „Ja. Aber ich hoffe doch, ihr bleibt ein wenig hier!" Dai sagt: „Klar! Es ist wirklich schön hier! So idyllisch … oder, Schè?" Der nickt und lächelt sie besonnen an. „Gut. Dann viel Erfolg bei euren Arbeiten! Wenn ihr Fragen habt, kommt einfach zu mir. Ich stehe euch gern zur Verfügung!" Er nickt und steht auf. Beim Rausgehen nimmt Dai Pëp den Zettel aus der Hand. Sie liest sich die Aufgaben durch.

1. *Geht zu dem alten Petros. Lasst euch von ihm Gummistiefel, Handschuhe und Netze geben und reinigt den Springbrunnen. Er hat einen verwundeten Arm und kann nicht arbeiten.*

2. *Helft Tali, den Pferdestall auszumisten. Sie hat unbedingt bei mir anzutreten.*

3. *Geht zu der Baustelle, die in der Nähe von den Waschhäusern ist. Helft dort, den Lehm von der Lehmgrube zur Baustelle zu bringen. Die Arbeiter werden es euch danken!*

Ich denke, das reicht für den heutigen Tag. Viel Spaß!

Okus

Dai kaut auf ihrer Lippe rum und fragt: „Wollen wir uns aufteilen?" Pëp antwortet: „Ich denke, das wäre sinnvoll. Tão? Würdest du den Springbrunnen übernehmen? Wir nehmen uns die Lehmgrube vor. Dai, du könntest ja zu Tali gehen. Du verstehst dich doch so gut mit ihr, und die Pferde haben es dir ja offensichtlich angetan, oder sehe ich das falsch?" Dai grinst: „Die Pferde sind richtig toll!" Tão scheint nicht begeistert von der Idee, den Springbrunnen zu reinigen, doch als Pëp sich anbietet, die Arbeit zu übernehmen, damit die starken Männer den Lehm schleppen können, scheint er es nicht mehr so schlimm zu finden, auch nicht, dass er zusammen mit Schè arbeiten muss. Dai umarmt Schè kurz und sagt: „Ich gehe dann mal. Tali muss schnell zu Okus, aber davor muss sie mir noch so viel über Pferde beibringen!" Mit leuchtenden Augen läuft sie los. Schè grinst ihr nach.

Dai beeilt sich, zu Tali zu kommen. Sie will unbedingt mehr über die seltenen Wesen lernen. Sie hat vorher noch nicht viele Pferde gesehen. Sie sind seltene und viel geschätzte Wesen. Weil sie so sanftmütig sind, werden sie gern als Zugtiere verwendet, aber sie sind für ihre Verhältnisse zuhause viel zu teuer. Deshalb freut sie sich so, mehr über diese wunderschönen Geschöpfe zu erfahren. „Hallo Tali! Du sollst schnell zu Okus, aber vorher musst du mir zeigen, wie man den Pferdestall ausmistet. Das ist meine Aufgabe für heute!" Tali lächelt sie an. „Das ist wunderbar. Okay, also, komm erst mal mit. Wir holen zuerst eine Schubkarre und so …" Nachdem sie eine Schaufel, eine Schubkarre und eine Art überdimensionale Gabel geholt haben, kehren sie zu dem Stall zurück. „Okay. Zuerst machst du das nasse Stroh und die Exkremente der Pferde in die Karre, dann bringst du sie hinter den Kuhstall auf den großen Haufen. Dann musst du zum Truthahngehege, dort gibt es eine Scheune mit Stroh und Heu. Dort füllst du die Schubkarre zuerst mit etwas Heu auf, nicht zu viel, und darüber dann Stroh. Das Stroh verteilst du im Gehege, das Heu legst du in kleinen Haufen verteilt hin. Du kannst die Pferde aber auch direkt damit füttern. Sie sind alle zahm und tun rein gar nichts! Bist du so halbwegs mitgekommen?" Dai nickt. „Okay, du meinst, Okus will mich sprechen? Dann gehe ich mal. Und du schaffst das?" Dai nickt. „Klar. Es ist mir eine Ehre, dir zu helfen!" Sie grinst Tali an. „Gut. Und denk daran: Pferde sind Herdentiere. Wenn du dich gut um sie kümmerst, akzeptieren sie dich und nehmen dich in ihre Herde auf!" Dai nickt und greift nach der Schaufel. „Wir sehen uns!" Tali verschwindet. Dai guckt Tali noch etwas nach. Tali ist wirklich nett. Sie hofft, noch öfter mit ihr zu arbeiten. Dann beginnt sie, mit der Schaufel das dreckige Stroh und Heu in die Karre zu schaufeln. Sie spürt, dass die Pferde sie beobachten. „Na? Wie geht es euch?" Ein beiges Pferd kommt vorsichtig zu ihr. Sie hebt die Hand. Das Pferd weicht zurück, schnaubt kurz und riecht dann an ihrer Hand. Sie lächelt. „Keine Angst, ich bin eure Freundin!" Sie berührt die weichen Lippen des Pferdes. Es schreckt leicht zurück und geht dann wieder zu seinen Kumpels. Sie selbst macht weiter. Als die Karre voll ist und alle dreckigen Stellen weg sind, macht sie sich auf den Weg zum Misthaufen. Sie pfeift gut gelaunt vor sich hin, als sie von einer männlichen Stimme aus ihren Gedanken gerissen wird. „Hey! Wer bist du denn?" Sie dreht sich um. Ein Elf steht vor ihr. „Hallo! Ich bin Dai! Ich bin mit meinen Gefährten hier!" Er mustert sie. „Wo sind deine ... na ja, deine Flügel?" Sie dreht sich um, als würde sie wirklich Flügel haben. Dann schaut sie ihn an. „Ähm, ich bin ein Mensch. Wir besitzen keine Flügel!" Das scheint ihn neugierig zu machen. „Keine Flügel? Und wie fliegt ihr dann?" Sie lacht leise. „Wir fliegen nicht! Wir ... laufen ganz normal!" Er kommt näher. „Na ja, jedenfalls bin ich Miol. Ich bin ein Elf!" Sie nickt. „Angenehm ..." Er fragt zögerlich: „Soll ich dir helfen?" Sie antwortet: „Nein, geht schon. Wir machen hier eine Rast und deshalb müssen wir hier helfen!" Sie schiebt die Schubkarre weiter in Richtung Haufen. Er folgt ihr. Er scheint fast schon über den Boden zu schweben, seine Schritte sind so sanft, er scheint den Boden kaum zu berühren. Seine Flügel sind grün schimmernd, an ihren Spitzen hängen kleine Anhänger. Er trägt ein grünes Shirt und eine braune Hose. Sein blondes Haar ist an den Seiten kahl geschnitten. Nein, nicht ganz kahl. Es sind noch wenige Millimeter Haar da, in die Muster geschnitten wurden. Der Rest seines Haares ist ziemlich lang, vielleicht so lang wie das von Tão. Er trägt an seiner Unterlippe und an seiner rechten Augenbraue eine Art Ring, der durch die Haut gestochen wurde. Sieht ziemlich schmerzhaft aus, aber ihm scheint das nichts zu machen. Es sieht auf den ersten Blick ungewöhnlich, vielleicht schon fast angsteinflößend aus, aber er wirkt ziemlich nett, also beschließt sie, ihm zu vertrauen. Er ist vielleicht 14, vielleicht 15. Er fragt: „Wo wollt ihr denn hin?" Während sie das Heu auf den Haufen wirft, antwortet sie: „Wir sind Kinder der Götter. Wir gehen zum Mondstein. Dort werden wir unseren ersten Drachen zähmen!" Miol guckt sie mit offenem Mund an. „Du ... du bist ein Drachenreiter?" „Noch nicht ... aber bald ..." „Wow ... ich hab 'ne Idee! Hast du heute Nachmittag Zeit?" Dai sieht ihn an. „Wenn ich hier fertig bin, dann ja! Klar!" Er nickt. „Komm dann zum Brunnen. Ich warte dort auf dich. Ich muss dir unbedingt was zeigen!" Sie nickt. „Okay! Dann sehen wir uns dann! Ich muss los ..." Er breitet die Flügel aus. Mit einem sanften Schlag erhebt er sich in die Lüfte. Dai schaut ihm hinterher. *Wow*, denkt sie, *Er fliegt, als würde er jeden Tag nichts anderes tun. Es sieht so elegant aus, wie er läuft und wie er spricht. Er wirkt so grazil. Ganz anders als Schè zum Beispiel. Ihre Hände sind so weich, so schlank, so wunderschön. Elfen sind das komplette Gegenteil von uns. Sogar meine Bewegungen sehen im Gegensatz zu denen von Miol plump und ungeschickt aus.* Sie schiebt kopfschüttelnd die letzte Schaufel auf den Berg. Dann schiebt sie die Schubkarre zu der Scheune. Doch zuvor hält sie bei den Truthähnen an. Die haben sie schon von weitem gesehen. Sie hockt sich vor das Gehege. „Wenn Tali wieder da ist, frag ich sie nach Futter für euch!", flüstert sie und steckt einen Finger durch das Gitter. Einer der Truthähne spielt mit ihrem Finger „Fang den Wurm" und schnappt nach ihm. Sie kichert und sagt: „Es tut mir leid, ich muss leider weiter!" Die Truthähne scheinen ihr zu verzeihen, denn sie gurren wie Tauben und kümmern sich um ihre Sachen. Sie steht auf und schiebt die Karre zur Scheune. Dort nimmt sie sechs Hände voll Heu und legt sie auf den Boden der Schubkarre. Dann deckt sie den Rest bis oben hin mit Stroh ab. So schnell sie kann rennt sie zum Gehege der Pferde. Sie macht das Tor auf und schiebt die Schubkarre rein. „Hallo! Na ihr? Wollt ihr feines Happi Happi haben?" Sie fühlt sich, als spräche sie mit einem Kleinkind. Sie verteilt das Stroh großzügig. Gerade als sie fertig ist, legt sich das beige Pferd auf den Boden und beginnt, sich hin und her zu wälzen. Es wiehert dabei und schnaubt. Sie lacht. „Hey, mach das Stroh nicht wieder unordentlich!" Sie lacht wieder und wirft sich in das Stroh neben das Pferd. Der Beige wiehert und schnaubt. Sie nimmt Stroh in ihre Hände und wirft das Stroh hoch. Die beiden spielen miteinander. Sie genießt dieses Spiel. „Na, da habt ihr aber Spaß ..." Sie und der Beige schauen gleichzeitig auf. Tali steht, an das Gatter gelehnt, da und beobachtet die beiden. Dai steht auf, ihre Klamotten sind voller Stroh. „Es tut mir leid. Ich habe mich etwas ... zu sehr verausgabt. Die Pferde sind so tolle Tiere!" Tali erwidert: „Ja, Bèl ist ein wirklich guter Freund!" Dai fragt: „Heißt es Bèl?" Tali nickt und kommt zu ihnen. „Bèl ... er ist mein bester Freund. Auf ihm habe ich reiten gelernt!" Dai reißt die Augen auf. „Reiten?" Tali erklärt: „Du kannst auf Pferden, wie auf Drachen, reiten. Das ist wunderschön. Du bist schnell. Frei. Wild. Du kannst von einem Ort zum anderen. Und das ist es, was mich so an Pferden fasziniert. Sie sind die besten Freunde, die man haben kann ..." Dai fragt: „Hast du eigentlich schon mal einen Drachen gesehen?" Sie schüttelt den Kopf. Dai zieht ihr Shirt ein Stück runter, sodass man den Drachen an ihrer Schulter sieht. „Wow ... der sieht ja ... beeindruckend ... furchteinflößend ... wundervoll aus. Ist das ... deiner?" Sie nickt. „Das ist der Drache, der mich aussuchen wird. Ist er nicht hübsch?"

Das Rot schimmert an diesem Tage besonders durch. Sie bemerkt einige rote Blutstropfen an der Stelle, an der sich die mächtigen Krallen in ihre Schulter bohren. Sie wischt darüber. Der Schmerz lässt sie heftig zusammenzucken und scharf einatmen. „Alles okay?", fragt Tali. Dai nickt schnell und zieht vorsichtig ihr Shirt zurecht. Das hat sie noch nie erlebt. Ihr Drache hat sie verletzt. Warum wohl? Sie räuspert sich und sagt dann: „Ich muss nur noch das Heu verteilen! Dann bin ich fertig!" Tali lächelt und schlägt ihr vor: „Wenn du willst, übernehme ich das!" Doch Dai entgegnet schnell: „Ich mach das schon!" Tali lacht und nickt dann. „Viel Spaß noch! Ich komme in ein paar Minuten wieder!" Dai nickt eifrig und nimmt etwas Heu. Die Pferde kommen, einige noch zögerlich, zu ihr. Vorsichtig füttert sie die Tiere und streichelt sie dabei. Als Tali wiederkommt, bemerkt Dai einen Eimer in je einer ihrer Hände. „Was ist das?", will sie neugierig wissen. „Das? Oh, das sind Wasser und etwas Trockenfutter. Die Pferde können schließlich nicht nur von Heu leben!" Dai hält ihr das Gatter auf. Tali stellt die Eimer ab. „Ich verteile das Wasser, du übernimmst das Futter, okay?" Dai nickt und nimmt den rechten Eimer. Er ist ziemlich schwer, wie sie feststellen muss. Sie schafft es, den Eimer zu dem nächsten Futternapf zu zerren. Dort schippt sie mit ihren Händen ein bisschen Futter in den Napf. Der Napf ist eher ein großer Trog. Sie kennt die Dinger vom Markt. Die Schweine, die dort verkauft werden, essen auch aus solchen Dingern. Nachdem sie das Futter restlos verteilt hat, kommt sie zu Tali. „Gibt es sonst noch was zu tun?", fragt sie, obwohl sie auf ein Nein hofft. Zu ihrer Erleichterung sagt Tali: „Nö. Du kannst gehen! Hoffentlich hilfst du mir morgen wieder!" Dai nickt mit leuchtenden Augen. Tali und die Pferde sind ihr jetzt schon ans Herz gewachsen. Sie verabschiedet sich von der jungen Elfe und verlässt die Ställe. Sie schlendert fröhlich vor sich hin pfeifend zum Brunnen. Dort wartet Miol schon auf sie. „Tag! Bist du auch schon da?", fragt Miol ironisch, doch er grinst dabei. Dai antwortet lässig: „Ich musste arbeiten. Was machst du eigentlich so den Tag über? Musst du nicht arbeiten?" Er deutet auf die andere Seite des Brunnens, den Weg, der dem zu ihren Unterkünften gegenüberliegt und den sie noch nicht besucht hat. „Da ist eine große Schule. Dort sind auch ein paar Läden und so. Aber komm erst mal mit. Ich muss dir was zeigen!" Er läuft los in Richtung Schule. Dai folgt ihm schnell. Was hat er nur vor? Er läuft verdammt schnell, sodass Dai sich ziemlich beeilen muss. Er läuft den Weg entlang, doch dann biegt er auf einen schmalen Pfad ab, den sie wohl nie bemerkt hätte, wenn er ihn nicht eingeschlagen hätte. Er führt durch einen dichten Wald zu einer kleinen Lichtung. Dort stehen vier, fünf Zelte. Auf der Lichtung sind ein erloschenes Feuer, Bänke, Dinge, die sie nicht kennt, und viel Zeug, deren Sinn Dai in so einer bizarren Umgebung nicht sieht. Es wirkt, als würde hier jemand leben. Miol erklärt: „Das ist das Lager der Schamanen! Hier leben sie, halten Rat und beten zu den Göttern! Komm mit!" Er zieht sie zu einem der Zelte. Er öffnet vorsichtig die „Tür", die einfach nur ein Laken vor dem Eingang ist, und fragt: „Ambèth, bist du da?" Zuerst kommt keine Antwort, doch dann hört sie eine kratzige Stimme sagen: „Miol? Komm herein." Er tritt ein. Dai bleibt schüchtern am Eingang stehen, bis Miol sie mit einem Griff um ihr Handgelenk in das Zelt zerrt. Im Zelt selbst ist es sehr dunkel. Nur einige Kerzen auf einem Tisch in der Mitte des Raumes spenden Licht. Eine alte Frau sitzt vor den Tisch gekniet und schaut sie aus himmelblauen Augen an. Sie wirken so unnatürlich. Sie leuchten schon fast. Selbst wenn die Kerzen nicht wären, würde man ihre Augen vermutlich trotzdem sehen. Miol tritt näher an sie heran. „Ambèth, ich habe dir jemanden mitgebracht. Das ist …" Sie hebt ihre Hand und unterbricht ihn: „Ich weiß, wer sie ist. Dai, eine Freude und eine Ehre, dich zu sehen!" Dai schaut sie mit großen Augen an. „Äh, ja, hey!" Die Schamanin fragt: „Was führt euch hierher?" Miol antwortet: „Du kennst dich so gut mit Drachenreitern aus wie kein anderer!" Sie nickt bescheiden. „Da sprichst du wahr, mein Junge. Ich kenne die Vergangenheit, die Gegenwart und die Zukunft. Dai, ich darf keinerlei Auskünfte über die Zukunft geben. Weil ich sie sonst beeinflussen könnte. Ich könnte Menschenleben retten … oder auch nicht. Man kann nie wissen, welche Konsequenzen es mit sich bringt, die Zukunft auszuplaudern. Und trotzdem kann ich dir verraten, dass dein Drache umwerfend ist. Im wahrsten Sinne des Wortes. Er ist ein starkes und gutes Tier. Ihr werdet eine prächtige Freundschaft haben!" Dai lächelt. „Das freut mich gewiss, Mrs. ..." „Nenn mich Ambèth!" Dai nickt. Die Flügel der Frau beben leicht. Obwohl sie alt wirkt, sieht sie nicht so aus. Sie sieht nicht viel älter aus als Tali. Trotzdem merkt man, dass sie eine alte und sehr erfahrene Schamanin ist. Ambèth lächelt sie an. Doch plötzlich hört sie ihre Stimme, ohne dass sie ihre Lippen bewegt. „Dai ..." Ambèths Gesichtsausdruck verfinstert sich. Plötzlich wirkt ihr Gesicht viel älter. Langsam wird ihre Haut alt, sie bekommt Falten, doch ihre Augen leuchten stärker denn je. „Dai ... hüte dich!" Dai weicht etwas zurück. „Jetzt bist du noch jung und ohne Drachen. Aber schon bald wirst du eine Entscheidung treffen müssen, die alles verändert ..." Ambèth fängt ihren Blick ein und fixiert ihn. Dai spürt die Energie im Blick der alten Frau. Ihre Augen brennen, aber sie kann den Blick nicht abwenden. Immer weiter steigt die Energie. Eine wohlige Wärme umgibt sie, dann brennt alles in ihr. Sie spürt, wie Wasser unter den Zeltplanen her auftaucht. Doch sie ist wie erstarrt. Das Wasser dringt an ihre Füße und durchweicht ihre aus Schafsleder gebundenen Schuhe. An den Stellen, an denen das Wasser ihre Haut berührt, spürt sie flammende Stiche und gleichzeitig unglaubliche Kälte. Alles in ihr kribbelt. Das Wasser fühlt sich seltsam an. Es steigt und steigt. Sie bekommt panische Angst, doch sie kann sich nicht bewegen. Sie spürt ihre Füße nicht mehr, das Wasser steigt immer weiter. Sie hört Stimmen. Dunkle Stimmen. Plötzlich befindet sie sich auch nicht mehr im Zelt bei Miol und Ambèth, sondern in einem dunklen Wald. Noch dunkler und bedrohlicher als der Wald, der das Elfendorf umgibt. Sie hört Schreie. Sie bemerkt erst später, dass es ihre eigenen sind. Sie hört Geräusche, es hört sich fast wie eine Schlacht an. Dann sieht sie eine rotbraune Gestalt. Nur undeutlich, wie ein Drache. Das Wasser steht ihr mittlerweile bis zu den Hüften. Zuerst brennt es, dann wird es kalt und dann ist es wie eingefroren. Sie spürt nichts mehr. Sie kann sich aber immer noch nicht bewegen. Sie schreit und versucht, mit ihren Augen irgendetwas auszumachen. Sie meint, ein Heulen zu hören. Von einem ... Wolf? Sie hat noch nie einen Wolf gesehen, doch das Heulen ist unverkennbar. Sie bekommt mehr und mehr Panik. Sie versucht mit aller Kraft, sich zu bewegen. Wie in einer Narkose, bei der man sich nicht bewegen kann, aber trotzdem alles mitbekommt. Sie merkt, wie ihr Tränen über die Wange rollen. Sie schluchzt, obwohl sie nicht schluchzt. Sie schreit, obwohl sie nicht schreit. Sie steht einfach da, das Wasser berührt gerade ihren Drachen. Sie hört ihn brüllen und spürt die Schmerzen seiner Krallen mehr denn je. Sie bohren sich immer tiefer hinein, fast bis in ihren Lungenflügel. Fast unendlich lange verharren die Krallen dort. Sie hört ein Schnaufen. Sie will sich losreißen, davonrennen, weit weg von diesem Ort, und ihre Angst lässt ihr ungeheure Kräfte erwachsen, aber sie kann sich einfach nicht bewegen. Die Schmerzen lassen nach, es wird kühler, dann kribbelt es unangenehm. Das Wasser erreicht ihren Hals. Je weiter das Wasser steigt, desto panischer wird sie. Ihrer Kehle entrinnen unmenschliche Laute. Sie spürt ein inneres Zittern. Es ist so schrecklich. Der Wasserspiegel steigt unermüdlich. Die Schmerzen steigen. Dies ist kein normales Wasser, soviel steht fest. Es läuft ihr über das Kinn. Ihr Körper fühlt sich wie gelähmt an. Sie windet sich panisch, obwohl sie sich nicht winden kann. Ihre Schreie werden panischer, lauter, spitzer. Als das Wasser ihre Lippen berührt, sind die Schmerzen so qualvoll, dass sie glaubt, sie müsse sterben. Sie schreit wie verrückt. Ihre Lippen brennen. Sie fühlen sich trocken an, obwohl das Wasser sie komplett umspült. Immer heißer, immer heißer. Das Wasser heizt ihre Lippen auf. Oder heizen ihre Lippen das Wasser? Sie kann keinen klaren Gedanken fassen. Sie spürt ihre Kräfte schwinden. Sie spürt, wie es an ihr nagt. An ihrem Verstand, an ihren Kräften, an ihrer Verfassung. Sie steht vor der Ohnmacht, als es plötzlich und rasch wieder kühler wird. Es geht weiter bis zu ihrer Nase. Die Flüssigkeit riecht wie normales Wasser. Was ist das hier? Was passiert mit ihr? Die Geräusche um sie herum werden immer lauter, so laut, dass ihre Ohren fast platzen. Heulen. Das Klirren von Schwertern. Sogar die Schreie von

Sterbenden. Dann taucht die Flüssigkeit sie in sich. Auf einmal ist alles still. Sie wirft einen letzten Blick in die Tiefe des Waldes. Dann bedeckt die Flüssigkeit ihre Augen und sie sieht nichts mehr.

Ruckartig fährt sie hoch. Sie liegt auf dem Boden. Genauer gesagt auf einem Teppich. Miol sitzt neben ihr. „Was ist los …?", fragt er besorgt. Sie schaut sich verwirrt um. Ihr ganzer Körper schmerzt, sie zittert vor Angst. Sie liegt immer noch im Zelt der Schamanin, aber diese sitzt nicht mehr vor dem kleinen Tischchen, sondern steht vor einem Feuer, auf dem ein Kessel steht. Für einen Augenblick erinnert sie Dai an eine Hexe. An eine alte, schrumpelige Hexe. Schè hat ihr oft von ihnen erzählt. Sie haben früher gelebt. Früher. Ja. Sie weiß nicht viel von früher. Bevor sich die Welt verändert hat. Aber es haben so viele Menschen hier gelebt. Und jetzt gibt es nur kleine Dörfchen mit Tagesmärschen an Wald zwischen ihnen. Unbegehbare Pfade. Dichte Wälder. Sie muss wieder an die Dunkelheit denken, die so dicht und so real war. „Was … ist geschehen?", fragt sie verwirrt. Ihr Puls beruhigt sich langsam. Sie atmet tief durch, doch ihr Körper zittert unkontrolliert. Sie muss leise schluchzen. „Du bist plötzlich umgefallen. Ohnmacht? Warum zitterst du?" Tränen steigen ihr in die Augen, als sie an den grausamen Schmerz denkt. Sie zieht ihr Shirt runter und schaut auf den Drachen. Dort, wo seine Krallen waren, sind nun insgesamt acht tiefe Wunden, vier für jede Klaue. Ambèth dreht sich zu ihnen. Sie kommt mit einem triefenden Lappen zu ihnen. Sie legt ihn auf die Wunden. Dai atmet erleichtert auf. Der Schmerz wird förmlich aus ihr herausgezogen. „Alles gut, es ist nur eine kleine Verletzung. Harmloser, als sie aussieht. In ein, höchstens zwei Tagen wieder verheilt. Wenn du Glück hast, wirst du wohl keine Narben haben …" Dai beißt sich auf die Unterlippe. „Dai, du hattest eine Vision!" Sie schaut Ambèth an. „Eine … was?" Die alte Elfe nimmt den Lappen wieder von ihrer Schulter, drückt ihn über einem Stück Tuch aus und legt ihn weg. Das Tuch fixiert sie mit einem Verband an ihrer Schulter. Doch es ist kein normaler Verband. Obwohl es aussieht, als würde er jeden Moment abfallen, hält er erstaunlich gut. „Eine Vision. Du hast eine Botschaft von den Göttern erhalten. Was hast du gesehen?" Sie kann kaum Atmen, so heftig beginnt sie zu zittern. „I… ich … da war Wasser u… und ganz viele Rufe, wie ein K… Kampf, und Gestalten und ein Wolfsheulen u… und das W… Wasser, e… es hat m… mich umgeben, es ist gestiegen u… und es hat so weh getan. Ich hatte fürchterliche Angst. W… Warum? W… Warum haben die Götter nicht einfach gesagt, was Sache ist? I… ich habe es nicht verstanden … b… bitte hilf mir!" Ambèth antwortet sanft: „Ich weiß, dass du es nicht verstehen kannst. Aber das haben die Götter nicht gewollt. Sie wollen dir die Zukunft nicht vorwegnehmen. Denk nicht zu viel darüber nach. Es hat noch Zeit. Dir werden schreckliche Zeiten bevorstehen. Aber nicht jetzt. Nicht hier. Je mehr Zeit verstreicht, desto klarer werden die Botschaften!" „Ich … du meinst, ich bekomme noch mehr von diesen … Visionen?" Die alte Elfe nickt. Dai muss schlucken beim Gedanken an die Schmerzen. Sie spürt eine Träne ihre Wange runterrollen. Ihr Körper fühlt sich wie nach einem zu intensiven Sonnenbad an. Wund, heiß, schrecklich. Ihr Körper gehorcht ihr noch nicht ganz. Deshalb rät ihr Miol, noch ein wenig sitzen zu bleiben. Dai flüstert leise: „Bitte hol meinen Bruder!" Obwohl diese Flüssigkeit die Schmerzen aus ihrer Schulter zieht, spürt sie deutlich die Abdrücke. Sie sind heiß und pochen unangenehm. Sie leckt sich über die Lippen. Sie sind trocken und spröde wie Schmirgelpapier. Generell hat sie großen Durst. Sie fühlt sich, als wäre das ganze Wasser aus ihr herausgezogen worden. Ambèth reicht ihr Wasser. Als das Wasser ihre Lippen berührt, zuckt sie zusammen. Es ist warm und prickelt. Sie trinkt es in zwei großen Schlucken leer. Dann gibt ihr die Elfe noch eine fettige Creme. „Mach sie so dick wie möglich auf deine Lippen. Dann ist es morgen wieder besser!" Sie nickt und schmiert sich die Creme auf die Lippen. Sie lindert den Schmerz spürbar. Sie hat sich wieder ein wenig beruhigt, ihr Körper zittert nicht mehr so stark, doch ihre Augen brennen und die Tränen fließen ihr immer noch über die Wangen. Sie schluchzt und versucht, ihren Puls ruhig zu halten. Die Elfe reicht ihr ein Tuch. Sie putzt sich die Nase und schluchzt erneut. Dann hört sie Schè. Sie hört ihn nur, obwohl er direkt vor ihr steht. Ihre Augen brennen wie verrückt und sie sieht kaum was. Sie muss immer an diese Dunkelheit denken. Nein, sie will keine Dunkelheit. Eine Panikattacke ergreift sie und sie beginnt wieder, unkontrolliert zu schluchzen und zu zittern. Sie spürt nichts mehr, noch nicht mal die Umarmung von Schè. Sie schreit und reißt die Augen auf. „Nein, ich gehe nicht mehr in die Dunkelheit! Ich will sehen! Sehen!" Ihre Rufe werden mit der Zeit schwächer, bis sie zitternd und weinend auf dem Boden liegt. Ihr ganzer Körper bebt. Schè beruhigt sie sanft. Langsam dringt seine Stimme zu ihr durch. Sie spürt wieder seine kräftigen Arme um sich. Sie sieht langsam seine muskulöse Gestalt. Und sie merkt, dass sie sich so verkrampft hat, dass es schon weh tut. Sie löst sich langsam und lässt sich gegen Schè fallen. Er streicht ihr über die Haare. „Alles gut. Du bist in Sicherheit!" Er küsst sie auf den Scheitel. Sie atmet schnell. Viel zu schnell. Ihr Puls rast. Sie hat Angst. Angst, von den Visionen erneut heimgesucht zu werden. Schè sagt leise: „Ich bringe dich in die Hütte!" Ambèth gibt ihm einen Beutel. Er nickt dankbar. Dann hebt er sie gekonnt hoch und trägt sie aus dem Zelt. Miol bleibt bei der Schamanin. Ihr Bruder trägt Dai wieder ins Dorf. Als sie die vertrauten Geräusche hört, wird sie etwas ruhiger. Er trägt sie zu ihrem Schlafsack, macht ihn bis obenhin zu. Sie rollt sich zusammen. „Ich komme gleich wieder …" „… Nein, bleib hier!" Er sieht sie flehend an. „Ich bleib bei ihr!" Pëp erscheint. „Danke! Ich bin sofort wieder da …" Schè verschwindet aus der Hütte. Pëp setzt sich zu ihr. „Ich hab gehört, was passiert ist. Eine Vision? Mmh, hört sich mysteriös an. Hast du irgendwelche Informationen, was passieren könnte?" Dai hat zu große Panik, als dass sie klar denken könnte. Sie murmelt: „Wölfe … Drache … Krieg …" Pëp macht „Mmh" und scheint in Gedanken zu versinken. Auch wenn sie am liebsten Schè bei sich hätte, gibt ihr Pëp wieder etwas Sicherheit. Nach zwei Stunden hat sie sich so weit beruhigt, dass sie wieder klar denken kann, ohne gleich in Panik zu verfallen. Tão wurde von Pëp gezwungen, sich zu ihnen zu gesellen. Doch als Dai alle Details von der

Vision einräumt, wird auch sein Interesse sichtlich geweckt. „Du meinst, es gibt eine Schlacht?", fragt er. Sie zuckt die Schultern. „Ich weiß es nicht. Es ... war so ... verwirrend ..." Tão brummt: „Ne Schlacht ... das hört sich nicht sehr spaßig an ..." Dann sieht er wieder zu ihr. Sein dunkelgrauer Blick trifft auf ihren warmen grünen Blick. Er sagt: „Wenn diese Visionen wiederkommen, musst du mir unbedingt davon erzählen!" Sie murmelt: „Na, hoffentlich kommen sie nie wieder!" Sie schaudert beim Gedanken an noch so eine Erfahrung. Sie sieht zu Schè. Seine dunklen Augen mustern sie. Blau. Dunkelblau. Kühl, wie ein Plätzchen im Schatten an einem See, an einem warmen Sommertag. Die beiden sehen sich ziemlich ähnlich. Doch ihre Augen sind unverkennbar anders. Ihre sind warm, hell und grün. Außen sind sie leicht gräulich. Nach innen werden sie dann grün und hell. Dai liebt ihre Augen. Tão unterbricht ihre Gedanken: „Wollen wir mal essen gehen? Ich hab einen Mordshunger!" Sein Gesicht zeigt wieder diese tiefe Gefühllosigkeit. Fast schon einsam wirkt er. Verlassen. Fernab von jeglichen Beziehungen zu anderen. Das macht Dai traurig. Warum schottet er sich so von ihnen ab? Warum ist er so leer, kalt? Doch ehe sie darüber nachdenken kann, schiebt Schè sie vor sich her. „Komm mit, Kleine!" Dai schaut sich im Speisesaal um. Sie entdeckt Miol, inmitten einer Gruppe von jungen Elfinnen und Elfen. Doch die Schamanen sieht sie nicht. Komisch ... Sie läuft zum Buffet und schmiert sich vier Brote. Dann nimmt sie sich wieder diesen lila Saft. Der war ziemlich gut. Sie verputzt die Brote, als wären sie nichts. Dann nimmt sie sich noch etwas, das Ähnlichkeit mit Brot hat. Es ist eine Art Teigfladen, der gebacken wurde. Darauf ist eine rote Soße, die sich als Tomatensoße entpuppt, kleine Hackbällchen, Pilze und Kartoffeln. Alles wurde mit Käse überstreut. Die Fladen sind etwa Handtellergroß. Sie nimmt sich zwei Stück. Obwohl der Belag nur wenige Zentimeter dick ist, schmeckt es ausgezeichnet. „Dai, wollen wir gleich zu den Läden, die dort hinten sind? Vielleicht gibt es dort etwas Schönes! Außerdem hat uns Okus ein paar Geldstücke gegeben. Damit wir etwas kaufen können." Dai schaut zu Pëp. Sie nickt. „Na, dann macht ihr

Mädchen mal was zusammen! Ich schaue mir in der Zeit die Felder an. Dahinter, so hat mir jemand gesagt, gibt es eine Schreinerei. Da will ich unbedingt vorbeischauen!" Tão scheint gar nicht daran interessiert, etwas mit ihnen zu unternehmen. Er wirkt sehr nachdenklich, wirft ab und zu einen flüchtigen Blick auf den Nachbartisch. Dort sitzt Nala mit ein paar anderen Elfen. Was läuft da zwischen Tão und Nala? Sie sieht ihn auch ein paar Male an. Dabei ist ihr Blick gar nicht mehr so abwertend wie zu Beginn, als sie sie herumgeführt hat. Dai muss insgeheim lächeln. Tão wirkt bei ihr nicht mehr so in sich gekehrt wie sonst. Er kommt vielleicht sogar ein wenig nervös herüber. Dai beeilt sich mit dem Essen. Nachdem sie fertig sind, gehen Pëp und Dai zusammen zum Brunnen. Von dort aus gehen sie zu dem Weg, der zur Einkaufsstraße führt. Dai und Pëp unterhalten sich über Mädchensachen. „Was läuft da eigentlich zwischen dir und diesem Miol?", fragt Pëp und schaut sie erwartungsvoll an. Dai schaut durch ein Schaufenster. In dem Laden werden wunderschöne Ketten verkauft. „Was soll zwischen uns sein? Wir sind Freunde!" Pëp schaut sie ungläubig an, dann schaut sie sich eine besonders schöne Kette an. Sie hat ein grünes Herz als Anhänger. „Er ist 15! Wie habt ihr euch denn eigentlich kennengelernt?" Dai drückt entschlossen die Tür zum Laden auf. Sie will ein Geschenk für ihre Eltern kaufen, vielleicht findet sie auch etwas für sich." Es war Zufall. Während ich gearbeitet habe." Sie dreht sich herum. „Warum eigentlich?" Pëp antwortet: „Nur so. Ihr seid süß zusammen!" Sie folgt Dai in den Laden. Dai geht zu einem Holztisch. Der Tisch ist voller Ketten. Sie sehen sehr hochwertig aus. Handgemacht, vielleicht. „Wir sind nicht zusammen. Punkt, aus, Ende!" Pëp hakt weiter nach: „Wirklich nicht? Vielleicht will er was von dir! Er ist doch echt hübsch!" Dai wirft ihr einen genervten Blick zu. „Was hast du an ‚Wir sind nicht zusammen' nicht verstanden? Außerdem bist du es doch, die ständig mit Schè rumflirtet!" Pëp wird leicht rot. „Gar nicht! Schè und ich verstehen uns halt nur gut! Was ist so schlimm daran?" Dai nimmt eine Kette mit einem Pferd aus Holz als Anhänger. Sie fährt über das glatte, feine Material. Sie sieht wirklich hübsch aus. Und es ist ein Pferd. Doch es ist nicht das, was sie so fesselt. Es ist ... wie eine unsichtbare Kraft. Genau wie in der Vision. Der Blick von Ambèth. „Wie viel kostet diese Kette?", fragt sie den Ladenbesitzer. Der Mann, eine junger Elf, kommt zu ihnen. Er trägt ein rot kariertes Hemd und dazu eine schwarze Hose. Seine kurz geschnittenen Haare sind leicht angegraut, was sein Alter schon eher beschreibt. Falten kennt hier wohl keiner. „Die Kette kostet zwei Krâl. Aber wenn du willst, kannst du sie umsonst haben!" Für einen Augenblick treffen sich ihre Blicke. Dai überlegt, warum er das tut. Was ist das für eine Kette? Dai nickt dankbar. „Wirklich nett von Ihnen!" Pëp hilft ihr, sie umzumachen. „Nichts ist schlimm daran, wenn ihr euch liebt!", kommt Dai auf das Thema zurück. Sie grinst. Pëp gibt zurück: „Auch wenn. Dich wird das ja mal gar nichts angehen!" Dai entgegnet: „Ich wusste es! Ihr seid so süß als Paar!" Pëp seufzt. „Kümmre du dich mal lieber um deine eigenen Angelegenheiten! Du willst ja nur vom Thema Miol ablenken!" Miol. Er ist nett, er ist höflich, und ja, er sieht gut aus. Aber Dai liebt ihn nicht. Er ist freundlich zu ihr. Mehr nicht. Pëp sieht sie an. „Hast du was gefunden?", fragt Dai. „Nein. Lass uns gehen!" Dai nickt und wendet sich zum Gehen um. Sie verlassen den Laden und suchen weiter.

Nach einer Stunde sind sie fertig. Dai hat ein wunderschönes Taschenmesser aus Holz und einem ziemlich stabil wirkenden Metall gefunden. Sie bekommt sogar einen gratis Schleifstein dazu, damit die Klinge schön scharf bleibt. Dann hat sie sich noch ein paar Haargummis gekauft. Sie sehen um einiges besser aus als das ausgeleierte schmutzige Ding, das sie in den Haaren hat. Pëp hat sich auch ein paar Sachen gekauft. Dai bringt ihre Sachen zu der kleinen Hütte und sucht sich dann neue Klamotten raus. Sie und Pëp wollen duschen gehen. Sie nimmt das kleine Stoffhandtuch und geht aus der Hütte raus. Sie treffen auf dem Weg zu den Waschhäusern auf Okus. „Ach, euch hab ich gesucht! Ich vermute, ihr habt dreckige Wäsche. Wenn ihr wollt, kann meine Frau sie für euch waschen! Bringt die Sachen einfach zu unserem Haus! Eure beiden anderen Freunde können das selbstverständlich auch tun!" Dai lächelt und bedankt sich:

„Danke, Okus! Das ist wirklich nett! Bestell deiner Frau schöne Grüße!" Auch Pëp bedankt sich. „Kein Problem, wirklich! Wie wenig Besuch wir bekommen ... Viel Spaß noch!" Er dreht sich um. Dai ruft: „Hey! Warte! Ich ... du kennst doch sicherlich Meister Ipo!" Okus wendet sich ihnen wieder zu und lacht. „Ja klar kenne ich ihn! Wart ihr bei ihm?" Dai antwortet: „Mein Bruder und ich haben bei ihm gelernt!" Er lächelt. „Wirklich? Er ist echt ein ziemlich guter Meister! Ich kenne ihn schon, seit er noch als kleiner Anfänger hier in das Dorf gestolpert ist! Wir haben ihm buchstäblich das Leben gerettet!" Okus nickt und scheint in Erinnerungen zu schwelgen. „Wow, das hört sich echt cool an!", sagt Dai. Okus sagt: „Okay, ich gehe dann mal und lasse euch in Ruhe duschen!" Die beiden Mädchen machen sich wieder auf den Weg zur Dusche. Es ist nicht viel los. Oder besser gesagt sind sie die einzigen. Beide gehen in eine Kabine. Dai zieht sich aus. Wie lange ist es schon her, dass sie ein richtiges Bad genommen hat? Sie legt ihre dreckige Wäsche auf eine Ablage. Ihre frischen Sachen liegen neben der Kabine, damit sie nicht nass werden. „Das Dorf ist echt superfreundlich. Wir haben Essen, Trinken, alle sind nett, wir haben sogar etwas Geld bekommen. Und jetzt waschen sie sogar unsere Wäsche!" Dai stimmt Pëp zu: „Ja, da hast du Recht. Aber wie es scheint, bekommen sie sehr selten mal Besuch. Kein Wunder, dass wir die Sensation sind!" Pëp murmelt etwas, was Dai nicht verstehen kann. Sie macht das Wasser an. Es ist sogar warm. Nachdem sie minutenlang das warme Wasser über ihren verdreckten Körper hat fließen lassen, beginnt sie, sich mit Seife einzuseifen. Jede Stelle ihres Körpers sehnt sich nach diesem Luxus. Nach dem zehnten Mal, dass sie die Seife über ihre mittlerweile wunde Haut fährt, fühlt sie sich richtig sauber. Sie duscht sich ab und rubbelt sich trocken. Dann bindet sie sich das Handtuch um und macht den Vorhang auf. Pëp hat schon Unterwäsche und eine Hose an. Dai nimmt sich ihre Unterwäsche und zieht den Vorhang wieder zu. Die beiden Mädchen unterhalten sich über ihre Kräfte. „Hast du sowas wie ein fotografisches Gedächtnis?", fragt Dai und kommt aus ihrer Kabine raus. Sie schnappt sich ihre dunkelgraue Hose.

„Na ja, nicht ganz. Ich kann mir Dinge viel schneller einprägen als andere. Ich kann dir unsere Arbeiten wörtlich aufsagen. Ich habe sie mir zweimal durchgelesen. Jetzt kann ich es dir so sagen!" Dai schaut sie bewundernd an. „Was kannst du noch so?" Sie erklärt: „Wir können uns viel mehr merken als normale Menschen. Wie sind zum Beispiel besser in der Schule. Deshalb hat man mich früher als abgehoben und Streber bezeichnet. Tja, Raî zu sein hat eben nicht nur Vorteile ..." Dai zieht sich ein blaues Shirt an. Pëp hat eine tarnfarbene Hose und ein weißes Tanktop an. Ihr braunes Haar hat sie zu einem schlichten Zopf gebunden. Dai fragt: „Du wurdest ausgeschlossen?" Pëp nickt und packt ihre Klamotten zusammen. „Ja, sie haben mich verspottet. Keiner wusste, warum ich so gut war. Ich konnte Gedichte ohne Probleme aufsagen. Ich habe mich im Unterricht gelangweilt, weil ich nach der zweiten Unterrichtsstunde schon alles wusste. Ich war sogar klüger als jegliche Ärzte in unserem Dorf. Jeden Wettbewerb habe ich gewonnen. Doch der Preis war hoch. Ich hatte nie wirklich Freunde. Ich habe diese Gabe verflucht und gleichzeitig geliebt. Sie war, und ist es immer noch, Segen und Fluch. Alles war sie. Doch ich habe sie zu dieser Zeit größtenteils gehasst. Als ich bei meinem Meister gelernt habe, was diese Kraft kann und wofür ich sie einsetzen kann und wie ich damit umgehen kann, da habe ich erst verstanden, wie wichtig diese Kraft sein kann. So unnötig deine Kraft auch sein kann, bedenke, sie wird dich irgendwann retten können!" Dai folgt ihr aus dem Waschraum. Die beiden gehen zu ihren Hütten und bringen ihre gesamte Wäsche zum Haus von Okus und seiner Frau. Seine Frau ist eine in Grün gekleidete Elfe, deren langes, dunkelbraunes Haar offen über ihre Schultern fällt. Sie empfängt die beiden offenherzig und freundlich. „Hallo, ihr beiden! Die beiden Jungs haben ihre Sachen schon hergebracht!" Die Mädchen übergeben die Körbe, in der die Wäsche ist. „Ach was, kommt doch rein. Wollt ihr Kakao oder Milch?" Doch die Mädchen lehnen freundlich ab. Die Elfe ist etwas gekränkt, doch sie vertrösten sie, indem sie versprechen, ein andermal zu kommen. Damit scheint die Elfe dann doch zufrieden zu sein. „Okay, wir sehen uns dann! Und … wenn ihr Fragen habt oder Rat braucht … ich stehe euch gern zur Verfügung!" Dai lächelt. Zuerst gehen die Mädchen was essen. Dai wählt diesmal eine Gemüsesuppe. Sie schmeckt klasse. Nach zwei Tellern Suppe und noch einem Brot ist sie dann satt. Pëp hat Nudeln genommen. Dazu eine einfache Tomatensoße. Satt und glücklich gehen die beiden zurück zu den Hütten. Da steht Tão und redet mit Nala. „… Und ich hoffe, dass Delîs bald wieder gesund wird. Wie geht es ihr?" Tãos Stimme ist sanft und er lächelt sogar. Er hat die beiden Mädchen wohl noch nicht bemerkt. „Sie ist noch sehr krank, aber die Schamanen kümmern sich um sie … von Paps ist ja wohl keine Hilfe zu erwarten …" Doch dieses idyllische Bild wird durch Schè unterbrochen, der gerade kommt. „Hey Tão! Wie geht es dir! Und, na, Nala? Alles gut so weit?" Dai sieht Tãos Lächeln, das sich in eiserne Kälte verwandelt. „Hallo Schè. Von wo kommst du denn?" Schè antwortet: „Ich hab gerade etwas in der Holzfabrik zugeguckt …" Er erblickt Dai und Pëp. „Hallo Dai, Kleines! Hey Pëp!" Er hebt Dai hoch. Obwohl sie nur eineinhalb Jahre jünger ist als er, wiegt Dai viel weniger als Schè und ist auch sehr viel kleiner als er. Er drückt sie an sich. „Ich bin müde, Schè!", flüstert sie. Er sagt: „Komm, wir legen uns in den Sonnenuntergang!" Er lässt Dai runter. Pëp sieht zu Tão und Nala. Tão hat sich etwa einen halben Schritt von Nala entfernt. „Wollt ihr mitkommen?" Beide sehen weniger begeistert aus, doch in Pëp weckt sich Enthusiasmus. Sie drängt die beiden so lange, bis sie sich mit ihnen neben die Hütten setzten, wo die Sonne gerade untergeht. Nala und Tão liegen etwas entfernt von ihnen da. „Die beiden sehen so süß aus!", denkt sich Dai und grinst. Zwischen ihr und Pëp liegt Schè.

Nach einer halben Stunde, in der sie nur das Nötigste gesprochen haben, spürt Dai, dass sie wirklich unglaublich müde ist. „Schè, ich gehe schon schlafen!" Ihr Bruder nickt. Sie steht auf, gähnt einmal kräftig, verabschiedet sich dann von den beiden. Dann ruft sie den anderen beiden zu: „Hey, Tão und Nala. Gute Nacht!" Die beiden nicken nur dankend und schauen sich dann an. Nalas Kopf ruht auf Tãos kräftiger Brust. Seine Arme liegen schützend um sie. Dai dreht sich um und schleppt sich in ihre Hütte. Sie legt sich auf den Strohballen. Tausende Gedanken schießen ihr durch den Kopf. Obwohl sie den ganzen Tag nicht mehr an den Vorfall mit der Vision gedacht hat, liegt er ihr schwer im Magen. Sie muss immer und immer wieder an Ambèths Worte denken. Dai ... Dai ... hüte dich! Jetzt bist du noch jung und ohne Drachen. Aber schon bald wirst du eine Entscheidung treffen müssen, die alles verändert ... Sie schluckt schwer und dreht sich im Schlafsack um. Was ist, wenn wieder so eine Vision kommt? Was soll sie dann tun? Sie ist alleine, keiner kann ihr helfen. Als sie an die Schmerzen denkt, kommt ihr fast das Abendessen hoch. Sie schließt die Augen. Das Zittern kommt zurück. Warum sie? Warum ausgerechnet sie? Warum? Warum kann es nicht Schè oder verdammt nochmal Tão sein? Warum sie? Die Gedanken halten sie noch lange wach. Doch schließlich siegt ihre Müdigkeit und sie fällt in einen tiefen, traumlosen Schlaf. Traumlos ist in diesem Falle gut. Dass Schè sich in die Hütte schleicht, bekommt sie nicht mehr mit.

Am nächsten Tag übernimmt Dai mal wieder Aufgaben bei Tali. Schè darf in der Holzfabrik arbeiten. Pëp hilft wieder dem alten Petros, diesmal im Blumenbeet. Tão erklärt sich bereit, wieder bei der Baustelle auszuhelfen. Diesmal hilft Dai nicht bei den Pferden, sondern bei den anderen Tieren. „Musst du dich ganz allein um die Tiere kümmern?", fragt Dai, als sie gerade zwei Eimer Wasser zu den Gehegen schleppt. „Nein, mir helfen auch andere Elfen. Doch da du da bist, hilfst du mir!" Nachdem sie ihre Arbeit erledigt hat, geht sie zum Brunnen. Wie gestern auch steht dort wieder Miol. Diesmal geht er mit ihr in den Wald. Er führt sie zu einem Turm. Er sieht aus wie ein Schützenturm. „Wow, das sieht ziemlich beeindruckend aus!", murmelt Dai und schaut hoch. Miol antwortet: „Ich hab heute Wachdienst. Möchtest du dabei sein?" Sie nickt mit leuchtenden Augen. „Liebend gern!" Er klettert entschlossen den Turm hinauf. Dai versucht, eine ebenso entschlossene Art anzunehmen, doch spätestens nach der Hälfte der Strecke und einem gewagten Blick hinunter verliert sie sämtliche Entschlossenheit. „Dai, schaffst du es?" Sie schaut hoch. „Sieh mich an. So ist es gut. Nur nicht nach unten gucken. Neeein, guck hierhin! Guck mal, du hast es gleich ... Na siehst du!" Er zieht sie die letzten drei Sprossen hoch. Von hier oben sieht alles so anders aus. „Wow ... das ist ... beeindruckend und angsteinflößend zugleich!" Dai lehnt sich ein Stück aus dem Turm, doch zieht schnell wieder den Kopf ein. „Nein, das sieht ziemlich gefährlich aus!", kichert sie leise. Miol schüttelt grinsend den Kopf. Erst jetzt bemerkt sie den starken Bogen auf seinem Rücken. Er ist wirklich schön. Auch die Pfeile sehen ziemlich gut gebaut aus. „Sind die selbst gemacht?" Sie scheint einen guten Punkt getroffen zu haben. Seine Brust schwellt sich vor Stolz. „Ja! Mein Vater hat es mir beigebracht! Er arbeitet in der Holzfabrik!" Dai grinst. „Mein Bruder liebt Holzarbeiten! Er arbeitet dort ebenfalls! Ihr müsst euch unbedingt treffen! Ihr würdet euch bestimmt ziemlich gut verstehen!" Miol antwortet: „Klar! Gern!" Er schaut aus dem Turm. „Zu jeder Uhrzeit gibt es Wachdienste in den vier Wachtürmen um das Dorf. Oft sind es Schüler, wie ich, nach der Schule. Die Schichten werden nicht richtig bezahlt. Wir bekommen ein kleines bisschen Taschengeld, mehr aber auch nicht. Ich mache das gern. Nebenbei lerne ich. Ich verdiene ein paar Krâl und kann lernen. Was wünscht man sich mehr?" Dai setzt sich hin und fragt: „Was tut man beim Wachdienst? Doch nicht nur rumsitzen, oder?" Miol lacht trocken. „Also offiziell muss man auf Feinde und Beißer aufpassen, aber inoffiziell ja!" Dai fragt: „Beißer? Sind die denn eine so große Gefahr für euch?" Er erklärt: „Es ist wie eine Revolution der Beißer. Sie kommen zu hunderten und befallen das Dorf. Aber das macht so einen Lärm, dass ich das mitbekomme. Egal wie tief ich in den Aufgaben hänge ..." Fasziniert beobachtet Dai Miol, wie er seinen Bogen nimmt, einen Pfeil in die Sehne legt und ihn spannt. „Damit kann ich die Gruppe schon schwächen. Außerdem habe ich ein Horn. Mit dem kann ich das Dorf warnen. Wie du gemerkt hast, beträgt der Weg von hier bis zum Dorf, selbst wenn man wirklich schnell ist, knapp eine halbe Minute. Aber das reicht gut, um sich vorzubereiten. Wir haben

Wachen. Die gehen immer um das Dorf herum. Es sind auch meistens einfache Bewohner …" Dai schaut auf den Weg. Miol erklärt ihr viel über die Waffen, mit denen man hier kämpft, über die Gegner, die es auf das Dorf abgesehen haben. Nach drei Stunden erscheint ein Mann unten. „Miol, Wachablösung!" Miol schaut zu ihm runter. „Okay Sâv, ich komme! Ach, Dai, das ist Sâv. Sâv, das ist eine Freundin von mir, Dai!" Die beiden klettern runter, wobei Dai sich sehr zusammenreißen muss. Miol tauscht ein paar Worte mit Sâv, bevor er mit Dai wieder zum Dorf geht. Dai zeigt ihm ihre Hütte. „Wow, ziemlich schön!", sagt Miol. Die beiden legen sich in den kleinen Strohhaufen. „Miol, wie zeigt sich eine Elfe eigentlich an? Stören die Flügel da nicht ein wenig?" Miol lacht und antwortet: „Magie, Dai, es ist alles Magie!" Dai kichert. „Ich habe gehört, Kinder der Götter haben besondere Fähigkeiten. Was hast du für eine?" Dai erklärt: „Meine Kraft gehört zu den Plut. Das heißt, ich kann über ein Element ‚herrschen'. Mein Element heißt Wasser. Deshalb Pluta!" Miol fragt: „Und was kannst du so?" Dai erklärt: „Na ja, ich kann zum Beispiel Wasser aus einem See herausschwappen lassen. Ich kann Wasser erhitzen und kühlen. Das Wasser heilt mich auch … Ich kann viel mit Wasser machen!" Er nickt ehrfürchtig. „Aber auch das hat Nachteile. Zum Beispiel ist Feuer sehr gefährlich für mich. Ich trockne schneller aus als andere. Feuer macht bei mir mehr Schaden als bei anderen. Ich bin sehr an Wasser gebunden!" Miol antwortet: „Hört sich trotzdem ziemlich cool an!" Sie antwortet: „Joa … Manchmal schon." Er schaut hoch. „Wie es wohl ist, so eine Fähigkeit zu besitzen? Rauszugehen, raus aus dem Alltag, weg von hier. Wegzugehen, auf eine Reise, auf der Suche nach einem." Dai nickt und lächelt. „Okay, was machen wir jetzt?" Miol zuckt die Schultern. „Wir könnten zu mir gehen. Ich zeige dir mein Zimmer!" Sie gehen zu Miol. Keiner ist da. Es ist wirklich schön. Die beiden legen sich auf Miols Bett. Es ist ein richtiges Bett. Mit Bettgestell und einer Matratze aus Heu, umspannt von einem weißen Laken. Seine Bettdecke und das Kopfkissen sind aus Gänsefedern mit einem grünen Bezug. „Es ist etwas Besonderes. Gänsefedern sind nicht gerade billig!", sagt er. Dai staunt. An seiner Wand hängen Bögen, Blasrohre, ja sogar ein paar Schleudern. Sie entdeckt Urkunden auf grobes Pergament geschrieben. Ketten mit breiten, farbigen Bändern und Metallanhängern. Sie dreht sich einmal um sich selbst, dann schaut sie zu Miol. „Und … die gehören alle dir?" Er sieht sie an. Langsam nickt er. „Wow … ist echt beeindruckend!" Miol senkt verlegen den Kopf. „Nur eine Kleinigkeit …", murmelt er. „Ach komm!" Sie grinst. Er wechselt schnell das Thema. „Hattest du in deinem Heimatdorf auch ein eigenes Zimmer?" Sie merkt, dass er nicht über die Medaillen sprechen möchte. Sie erklärt: „Na ja, ich hatte eins mit Schè. Aber das war vollkommen okay. Wir hatten sowieso kaum Zeit, darin zu sein. Fast den ganzen Tag über haben wir gearbeitet!" Sie lässt sich auf das weiche Bett fallen, ihre kupferfarbenen Haare verteilen sich auf dem grünen Bettzeug. „Es war schön …", sagt sie und betrachtet die Lehmdecke. „Es war hart, aber schön!" Miol lässt sich neben sie fallen. Sie schaut ihn an. Er dreht seinen Kopf zu ihr. „Vermisst du dein Zuhause?", fragt er. Sein eisiger Blick fixiert sie. Seine Augen sind wirklich wie Eis. Hellblau und frostig. „Ja!", sagt sie entschlossen. „Ich vermisse es. Jeden Tag muss ich dran denken. Seit vier Jahren habe ich meine Familie nun nicht mehr gesehen. Vier Jahre lang. Ich vermisse sie, oh ja!" Sie schaut wieder hoch. Eine Träne fließt ihr übers Gesicht. Miol legt ihr eine Hand auf den Arm. „Ich weiß. Aber denk mal daran, was für ein Abenteuer noch vor dir liegt! Denk an die vielen Drachen. Ein Ziel, von dem die meisten Menschen, und auch wir Elfen, nur träumen können! Ich werde niemals zum Mondstein kommen! Drachen brauchen keine Elfen, wir brauchen keine Drachen. Aber du … du hast die Chance, einen Drachen zu fangen. Zu fliegen, hoch über allen. Dann können wir ein Wettrennen machen, ach was, ihr werdet gewinnen! Weißt du, wie großartig das ist?" Sie denkt nach. Nach einiger Zeit sagt sie: „Vielleicht hast du Recht … Ich werde das Abenteuer meines Lebens erleben … Danke Miol!" Er lächelt nur. „Komm, lass uns zum Nachmittagskuchen gehen!" Stimmt. Ihr fällt auf, dass sie seit dem Frühstück nichts mehr gegessen hat. Sie lacht und sagt: „Ja, ich hab einen Riesenhunger!" Beide gehen zum Essen. Dort gibt es Kuchen, Torten, Kekse und warme Getränke. „Das ist Kaffee. Er schmeckt wirklich lecker, aber nur mit Zucker. Das da vorn ist Kakao. Ich denke, Kakao ist so das Unwiderstehlichste, was es nur gibt. Kakao schmeckt so lecker. Musst du unbedingt probieren!" Miol erklärt ihr einige Sachen. Sie entscheidet sich für einen Apfelkuchen und eine Tasse warmen Kakao. Sie setzen sich in eine hintere Ecke. „Weißt du was? Wenn du deinen Drachen hast, kommst du mich besuchen, versprochen?" Dai lächelt und antwortet: „Klar! Ich werde euch auf jeden Fall wieder besuchen. Ich schulde dir und deinem Dorf so viel!" Miol lächelt. Den ganzen Tag verbringen sie zusammen und reden. Am Abend isst sie ganz allein mit Schè zu Abend. Es ist schon sehr spät, viel Auswahl ist nicht mehr da, aber dafür sind sie auch so gut wie alleine. Sie reden über ihr Zuhause und über das größte Abenteuer ihres Lebens. Schè fragt sie, woher sie das hat. „Miol!", sagt sie und erntet dafür einen fragenden Blick. „Und ... Miol ist wer?" Sie grinst und antwortet: „Miol ist ein Freund. Ich habe ihn kennengelernt und er erzählt mir viel über das Dorf!" Schè schmunzelt. „Dai – findet überall Freunde!" Sie lachen und reden weiter.

Dai geht diesmal ziemlich früh ins Bett. Miol hat ihr versprochen, sie morgen zum Nachmittagsunterricht mitzunehmen, doch dafür muss sie früher anfangen, um schneller fertig zu sein. „Gute Nacht, Dai!" Die beiden Geschwister haben noch kurz mit Pëp geredet. Tão ist nicht aufgetaucht. „Gut, bis morgen, ihr beiden! Träumt was Schönes!" Dai zieht sich um. Die kurze graue Hose und das schwarze Trägershirt sind nicht gerade wärmespendend, weshalb sie schnell in ihren Schlafsack geht. Während sie darauf wartet, dass sich dieser aufheizt, beobachtet sie Schè, wie er sein Nachtlager herrichtet. „Also dieser Miol ... wie ist er so? Also ich meine, ist er nett? Freundlich? Wie alt ist er überhaupt?" Dai lacht leise. „Schè, worüber machst du dir Sorgen? Er ist 15. Er ist nett. Er ist höflich. Er redet mit mir. Das ist alles!" Schè betrachtet sie nachdenklich. „Es tut mir leid. Nur, als wir gegangen sind, vor vier Jahren, da wollten meine Eltern, dass ich gut Acht gebe auf meine achtjährige Schwester. Ich war damals doch selbst erst neun. Dai, ich will dir nichts Böses! Ich liebe dich. Ich will nur nicht, dass dir etwas passiert. Wir sind schon so weit gekommen! Schau mal, in nicht mal zwei Wochen können wir schon beim Mondstein sein! Ich will das alles hier nicht verlieren, Dai. Ich will dich nicht verlieren!" Sie nickt artig. Er lässt sich auf seinen Strohballen fallen. „Schè, ich werde die Reise vollenden. Und dann kann ich Miol mal besuchen!" Er lächelt und sagt: „Mit dem Drachen kommst du so einfach ins Dorf..." Sie lächelt zurück und dreht sich dann auf den Rücken. So döst sie vor sich hin, bis sie schließlich in einen tiefen, traumlosen Schlaf fällt.

Auch an diesem Morgen steht sie auf, auch an diesem Morgen isst sie mit ihren Gefährten. Doch diesmal soll sie nicht bei Tali helfen, sondern in einem Kleidungsgeschäft aushelfen. Der Besitzer ist krank, sie soll, zusammen mit den Mitarbeitern, dort arbeiten. Zuerst ist sie entrüstet, doch schließlich willigt sie ein. Sie wurden hier so freundlich empfangen, deshalb muss sie sich auch dem Willen des Bürgermeisters beugen.
Das Geschäft ist relativ groß und die Leute dort sind ziemlich nett. Es arbeiten ein junger Mann und ein Mädchen dort. Das Mädchen sieht jung aus. Der Junge sieht auf jeden Fall erwachsener aus. Aber was sagt das Aussehen oder das Auftreten einer Elfe schon über ihr Alter aus? „Komm, ich zeige dir, wie du mit Kunden umgehen musst!", sagt der Junge. Sein Name ist Zaï und er führt Dai zur Kasse. Eine Elfe steht da, mit ihrem Sohn, und streckt dem Elf ein kleines Shirt hin. Es ist wahrscheinlich für den Jungen. Er ist noch sehr jung, als Menschen würde sie ihn auf vier schätzen, er läuft schon recht gut und redet die ganze Zeit auf seine Mutter ein, bis sie ihn schließlich anherrscht: „Nicht jetzt, Schatz! Mama kauft gerade ein!" Zaï nimmt das Shirt. „Also, hier siehst du den Preis. Tippe ihn in die Kasse ein, ja, genau so. Dann nimmst du das Geld, legst es in die Kasse und wechselst. Weißt du, wie viel Geld ... Okay, sehr gut!" Dai wechselt wieselflink das Geld und gibt es der

Frau mit einem strahlenden Grinsen zurück. Der Elf reicht ihr eine in durchsichtige Folie gewickelte Süßigkeit. „Gib sie dem Jungen!" Sie geht um die Theke, kniet sich vor den Jungen und sagt mit einem Lächeln: „Hier!" Er betrachtet sie kurz, inspiziert dann das Bonbon. Er schaut prüfend zu seiner Mutter, ehe er es nimmt und mit einem glücklichen Lächeln die Folie abwickelt. Dai hat mal auf den kleinen Sohn einer Freundin ihrer Mutter aufgepasst. Er war damals so alt wie der Junge, doch als er ein Bonbon ausgepackt hat, ging er viel grober mit dem Papier um. Mit den dicken kleinen Fingern hat er das Papier eher abgerissen als abgewickelt. Dieser Junge dagegen geht sehr feinfühlig vor, mit seinen grazilen Fingern öffnet er das Bonbon. Doch in einem sind die beiden komplett gleich. Der Junge stopft sich das Bonbon gierig wie eine Elster in den Mund. Zaï sagt: „Sehr gut, Dai! Meinst du, du kriegst es allein hin?" Sie nickt. „Gut. Ich gehe dann rüber ins Lager zu Rea und helfe ihr, okay?" Sie nickt. „Gut, wir sehen uns dann. Wenn du was brauchst, komm einfach rüber!" Sie nickt. Er dreht sich um und geht aus dem Raum. Die Elfe mit ihrem Sohn ist schon zur Tür gegangen. „Tschüss – und bitte beehren sie diesen einzigartigen Laden schnell wieder!", ruft sie. Die Elfe lacht und sagt: „Bei dem netten Personal bestimmt!" Dai grinst. Dann schlendert sie etwas in dem Laden herum. Sie schaut sich die Kleidung an. Sie erwartet große Löcher im Rücken, doch sie ist ganz normal, wie ihre Kleidung auch. Sie überlegt die ganze Zeit, wie das geht. Miol meinte, es wäre Magie. Aber wie? Doch bevor Dai noch länger überlegen kann, kommt ein neuer Kunde in den Laden. Diesmal ist es eine Gruppe Jugendlicher. Jugendlich. Das erkennt Dai an ihren Frisuren. So wie Miol. An den Seiten abrasiert, oben länger, ein Junge hat sie sogar in einem zarten Grün. Dai geht zu ihnen. „Hey!", sagt sie freundlich. „Wie kann ich euch behilflich sein?" Die Elfen mustern sie. „Wer bist du denn?", fragen sie, etwas abwertend. Dai räuspert sich und sagt: „Ich bin Dai. Ich bin ein Mensch. Ich komme mit meinen Gefährten von weit her und wir machen hier eine kleine Rast!" Ein Mädchen, in dessen Haare Perlen, Bänder und anderes eingeflochten sind, fragt: „Was ist ein Mensch? Eine Elfe ohne Flügel, oder was?" Dai antwortet: „Joa, so ungefähr …" „Ha! Und wie sie sich bewegen! So plump, so ungeschickt!" Dai erwidert: „Nicht ungeschickt. Nur weil ich keine Flügel habe, mit denen ich fliegen kann, und weil ich Muskeln habe, die mich schwerer machen? Pff!" Sie verschränkt die Arme. „Och, jetzt ist sie traurig, die Kleine! Euch Menschen kann man das Alter ganz genau ansehen!" Sie faucht: „Na und? Was habt ihr dagegen, wenn wir unverfälschlich wir sind und nicht solche immer perfekt aussehenden, immer einen auf freundlich tuenden Elfen? Wir sind eben nicht wie ihr. Was wollt ihr jetzt dagegen tun?" Das Mädchen, das sie als ungeschickt und plump bezeichnet hat, lässt seine riesigen Flügel leicht schlagen, es wirkt verärgert. „Ihr passt hier nicht rein! Hier gehören keine hässlichen Menschen rein! Ja, ihr seid nicht wie wir. Und das ist besser so. Denn ihr steht uns in der Sonne. Sonst werden wir irgendwann mal so hässlich und unfreundlich wie ihr!" Dai bebt vor Wut. „Ach wisst ihr was, ich hasse euch Elfen! Ihr seid so eingebildet! Ihr seid doch alle gleich. Egoistische, selbstverliebte Idioten! Ich hab keine Lust mehr, mir was von euch sagen zu lassen!" „Ja? Ist das so?" Dai dreht sich um. Hinter ihr steht Miol. „Miol, da bist du ja … Warte, ihr kennt euch?" Dai schaut ihn an. Sie hat es verhauen. „Oh Mann, Miol, es tut mir so leid …" „Spar es dir, Dai! Ich dachte, ihr wärt nett!" Seine Flügel hängen schwach und kraftlos runter, er senkt den Kopf. „Siehst du! Du bist so unsensibel! Warum hat dich Okus in unser Dorf gelassen? Fremde machen immer nur Ärger!" Dais Augen leuchten vor Wut. Sie spürt, dass ihre Hände feucht werden.

„Lasst es gut sein! Ihr seid nicht besser als ich!", sagt sie.

Sie spürt, wie ihre Kleidung durchweicht, Wasser perlt von ihrer Stirn.

„Ihr seid noch unsensibler als wir. Ihr seid so schrecklich! Wie eine Plage!"

Sie hört ein Wasserglas auf dem Tresen brodeln. Die Jugendlichen schauen sich um.

„Warum hat Okus uns ins Dorf gelassen?"

Das Glas zittert immer mehr, es droht umzufallen. Ihr Körper ist komplett nass.

„Ihr fragt mich, warum?"

Das Glas kippt um, das Wasser spritzt zu ihr. Wasser aus allen Richtungen kommt zu ihr, strömt in den Laden, reißt die Kleiderständer um, trifft die Jugendlichen.

„Weil wir Kinder der Götter sind!"

Alles bricht ein. Von überallher fließt das Wasser zu ihnen. Die Wassermassen lassen Miol und die anderen Elfen auseinandertreiben. Dai hingegen steht selbstsicher in der Brandung und knurrt vor Wut. „Das habt ihr davon!", flüstert sie und beobachtet mit Vergnügen, wie die Jugendlichen sich anstrengen, über Wasser zu bleiben. Sie kämpfen mit den immer stärker werdenden Wellen. Ihre grünen Augen sind nun pechschwarz, ihre Schulter schmerzt. Der Drache ist erzürnt. „Dai!" Sie hört Schès Stimme. Doch sie nimmt sie nicht bewusst wahr. Das Wasser wird immer stärker, die Wellen reißen die Elfen auseinander. „Dai! Was machst du da?" Erst jetzt dreht sie sich um. Ein mit Schadenfreude und Spott gefülltes Grinsen umspielt ihre Lippen. Ihr Bruder blickt sie an. „Dai, hör sofort auf!" Ihr Bruder steht mit Pëp und Tão am Eingang des Ladens. Der Laden ist schon zur Hälfte mit Wasser voll. Immer mehr Wasser fließt in den Laden. Sie lacht nur höhnisch und antwortet: „Sie zeigen keinen Respekt!" Schè rennt in den Laden, doch die Fluten überwältigen ihn. Sie lässt die Strömung in ihre Richtung drehen. Er taucht vor ihr auf. „Dai. Du musst das stoppen! Krieg dich unter Kontrolle!" Sie lässt eine Wasserhand erscheinen und ihn hochtragen, immer höher, durch die Decke durch bis in den Himmel. „Hör auf, Dai!", schreit er. Seine Augen zeigen die Panik, die in einhüllt. Wie ein seidenes Tuch packt sie ihn und schneidet ihm alle Atemwege ab. „Dai, bitte!" Sie merkt, wie er sich in der Panik windet. Luftige Höhen. Er hat Höhenangst. „Stopp den Scheiß, oder du tötest noch jemanden!" Seine Stimme verliert sich im Stoff der Panik. Sie lässt ihn runter. Die Wasserhand lässt ihn neben Pëp fallen. Doch Schè packt den kleinen Finger der Hand. Dai ist verwirrt. Schè schaut nach unten. Pëp und sogar Tão feuern ihn an. Die Hand versucht, ihn abzuschütteln. Dai will der Hand befehlen, zu ihr zurückzukehren, doch sie hat plötzlich keine Kontrolle mehr. Die Strömungen werden stärker. Die Hand wird aggressiver. Schès Angst steigt immer weiter, bis ins Unermessliche, doch er hält sich fest. Er schafft es schließlich sogar, sich weiter hochzuziehen. Dai ruft: „Aqua, aude me!" Doch entgegen ihrem Befehls gehorcht ihr das Wasser nicht. Es spielt komplett verrückt. Was soll sie nur tun? Sie kann es nicht zurückrufen. Sie sieht, dass Pëp Tränen über die Wangen fließen. Schè kann sich nicht mehr lange halten, so viel steht fest. Dai schreit so laut sie kann: „Aqua, aude me!" Doch das Wasser wird noch wilder. Die Jugendlichen sind kaum noch sichtbar, ihre Schreie gehen in dem Getose des Wassers unter. Die Wasserhand versucht noch hartnäckiger, Schè abzuschütteln. Sie sieht die blanke Panik in Schès Augen. Pëp kreischt auf, sie sieht Tãos Maske für einen Moment brechen. Er nimmt sie in den Arm. Pëp weint, sie hört Tãos dunkle Stimme. Dai selbst schreit, ihr wird bewusst, was sie getan hat. Sie hat ein Monster geschaffen. Ein Monster, das selbst sie nicht kontrollieren kann. Schè fliegt durch die Luft, sie kann in seinen Augen nichts erkennen. Er scheint unter Schock zu stehen. Und dann passiert es. Seine Hände rutschen ab, er verliert den Halt und die Hand schleudert ihn hoch in die Luft.

Dai stößt einen langen, spitzen Schrei aus. Unfähig, irgendwas zu tun oder zu denken, vereint sich ihre Angst in der gewaltigen Welle, die urplötzlich aus dem Wasser schießt. Pëp schaut überrascht auf, auch Tão sieht gespannt zu der Welle, die immer größer wird und sich zu einer Hand formt. Blitzschnell greift sie nach Schè. Dieser ist total verwirrt. Die erste Wasserhand bemerkt dies und greift nach der zweiten Hand, will ihr Schè entreißen. Pëp und Tão beobachten das Spektakel. Dai selbst wird von der zweiten Hand in einen Bann gerissen. Sie reißt ihre Arme hoch. Die Wasserhand wird plötzlich größer. Sie presst ihren Daumen und ihren Zeigefinger zusammen. Die Wasserhand hält das blaue Shirt ihres Bruders fest. Sie lässt ihre Hand etwas sinken. Sofort sackt auch die Hand etwas ab. Die erste Hand stürzt sich auf Schè. Dai zieht ihre Hand zurück, weicht dem Ding aus. Sie spürt, wie etwas Macht in sie zurückfließt. Sie erschafft einen Wasserschwall, den sie auf die Hand loslässt. Doch außer dass die Hand etwas schwankt, passiert nichts. Dais Macht ist noch nicht groß genug. Die Hand hält ihre Handfläche zu ihrer Hand gerichtet. Wie aus einer Pistole feuert sie Wasserbälle auf Schè ab. Dieser hat kaum Gelegenheit zu schreien. Dai konzentriert sich wieder. Das Wasser steigt um sie herum und hebt sie auf Höhe der Wasserhände. Pëp feuert sie an, Tão hat die Augen geschlossen … betet er? Sie kann sich nicht darauf konzentrieren. Normalerweise schwächen ihre Kräfte sie schnell, sie würde jetzt schon lange brauchen, um sich wieder zu rehabilitieren, doch sie spürt in sich eine ungeheure Kraft. Sie sammelt all diese Kräfte in sich. Sie starrt die feindliche Hand an, diese macht sich bereit für einen erneuten Angriff auf Schè. Doch Dai spürt den Sieg in sich. Sie weiß, dass sie das Wasser wieder unter ihre Kontrolle bringt. Sie schafft es. Es ist ihr Element. Sie schließt die Augen. Atmet tief ein. Alle Kräfte sind auf einen Punkt konzentriert. Ihr Ziel. Die Wasserhand.

Eine gewaltige Welle erhebt sich, bricht über ihr zusammen, vereint sich zu einem mächtigen Strudel. Für einen Moment überlegt sie, wo die anderen Jugendlichen sind, doch dann sieht sie aus dem Augenwinkel, wie eine kleine Welle sie neben Pëp und Tão anspült. Doch dann richtet sie wieder ihre volle Konzentration auf die Hand. Der Strudel wird schneller und schneller, bald umgibt er sie komplett. Sie wartet gespannt auf den Höhepunkt. Sie will den Strudel auf die Hand hetzen, im letzten Moment mit ihrer Hand Schè in Sicherheit bringen und dann das ungehorsame

Wasser bekämpfen. Doch grade, als sie den Strudel aufbrechen will, sieht sie Miol. Sein bewusstloser Körper schwimmt im Strudel. Sie ist geschockt. Nur einen Moment, doch es reicht, um ihre Macht schwinden zu lassen. Entweder rettet sie Miol, aber dann kann sie nicht garantieren, dass sie wieder eine solche Macht aufbauen kann, oder sie versucht, ihre Kraft zu sammeln und Schè zu retten. Doch dann wird Miol sterben. Wen soll sie opfern? Ihren Bruder oder Miol? Miol, der ihr so vieles gezeigt hat, der sie ermuntert hat, der ihr geholfen hat, mit dem sie so viel erlebt hat. Und für den sie vielleicht mehr als nur Freundschaft aufbringen kann. In ihrer Verzweiflung schreit sie und bricht den Strudel auf. Das Wasser stürzt sich auf die Wasserhand, mit ihrer Hand weicht sie aus, lässt Schè fallen und greift in den Strudel. Ihre Arme schmerzen, nein, ihr ganzer Körper wird taub und kribbelt unangenehm. Sie kann blitzschnell eine neue Hand bilden, mit welcher sie Schè auffängt. Mit der anderen kann sie Miol greifen. Ihr Kopf schmerzt, schwarze Fetzen tanzen vor ihren Augen. Sie kämpft mit der Ohnmacht. Sie kann kaum klar denken. Sie zieht ihre Hand zurück, doch Miol entgleitet ihren schwitzigen Händen. Sie manövriert die große Hand, erwischt seinen Arm, glaubt, ihn zu erdrücken und zieht ihn mit letzter Kraft heraus. Im letzten Augenblick kann sie die beiden Jungs neben Pëp und Tão absetzen. Dann wird alles schwarz vor ihren Augen und sie verliert das Bewusstsein.

PART 3

POV DAI

Zuerst, als sie aufwacht, glaubt sie, tot zu sein. Alles weiß, sie ist in einen weißen Kittel gekleidet. Überall um sie herum Engel mit weißen Kleidern und großen Flügeln. Erst später wird ihr bewusst, dass es die Elfen sind. Sie stöhnt. Alles in ihr schmerzt. Ihr Magen verkrampft sich, sie muss würgen. Neben ihr steht eine Schale aus großen Blättern. Sie erbricht sich ganze zweimal in den Topf. Ihr Magen schmerzt, sie fühlt sich leer. Langsam kehren ihre Erinnerungen an den Kampf zurück. „Dai?" Ist sie dabei draufgegangen? Vielleicht sind drei Überlebende zu viel. Einer musste sterben. Sie hat Schè und Miol gerettet. Und deshalb musste sie sterben. „Da bist du ja! Na? Wie geht es dir?" Sie schaut auf. Ein Engel steht vor ihr. „B…bin ich im Himmel?" Ihre Stimme ist zittrig und instabil. Sie spürt eine weitere Welle der Übelkeit, doch sie schluckt es runter. Zurück bleibt ein saures, ekelhaftes Gefühl. Der Engel lacht. „Nein! Du warst tot. Aber deine Kraft hat dich gerettet!" Lustig. War es nicht ihre Kraft, die sie eigentlich umgebracht hat?" Du musst noch einige Tage hierbleiben. Ach, und Okus wollte mit dir reden. Genau wie Miol und dein Bruder. Ich musste sie immer wieder vertrösten. Wenn du bereit bist, lasse ich nach ihnen rufen!" Miol. Ihr Bruder. Okus? „Äh, ja!" Mehr schafft sie nicht zu sprechen. Ihr Körper ist noch taub. Sie kann sich kaum bewegen. Jede Bewegung überfordert sie maßlos. „Gut. Habt nur etwas Geduld, aber ich werde mich beeilen, sie über deinen Zustand zu unterrichten. Gibt es sonst noch etwas, das du wünschst? Es wäre sinnvoll, etwas zu essen. Dein Körper braucht Kraft, um dich wiederherzustellen! Soll ich dir was bringen?" Warum nur immer sie? „N…Nein! Geht schon…n!" „Na gut. Aber sobald du etwas möchtest, melde dich!" Die Elfe lächelt sie an und verlässt eilig, aber anmutig den Raum. Dai atmet tief durch. Sie will eigentlich mit

niemandem sprechen. Aber andererseits muss sie mit Miol darüber sprechen. Und sie muss wissen, wie es ihm und vor allem Schè geht. Und Okus? Na ja, wahrscheinlich wird er sie rausschmeißen. Dai hat den Laden überflutet, die Jugendlichen schwer verletzt, Miol fast getötet und auch sonst. Sie ist ein schlechter Mensch. Sie hat alles vermasselt. Miol wird sie hassen. Sie hat ihn beleidigt. Sie ist nicht mehr sie selbst gewesen. Was hat sie nur getan? Warum? Sie hat Schès Leben in Gefahr gebracht. Sie hat etwas Schreckliches getan. Sie ist schuld. Das wird sie sich niemals verzeihen. Sie schließt die Augen. Dann öffnet sie sie wieder. Es geht wieder etwas. Sie beschließt, den Raum näher zu inspizieren. Sie liegt auf einem gemütlichen Bett. Es ist fast wie das von Miol. Neben ihr steht ein hölzernes Schränkchen. Auf dem sind eine kleine Lampe, eine Vase mit Blumen (von wem die wohl sind?) und ein Glas Wasser. Sie ist zu schwach, um danach zu greifen. Ihr Mund ist trocken und ihr Hals tut weh. Sie wird eine Schwester fragen müssen, ob diese ihr etwas zu trinken geben kann. Sie schaut sich weiter um. Gegenüber der Tür ist ein großes Fenster, durch das die warme Sonne dringt. Sonst ist nicht viel im Raum. Zwei Stühle, ein weißer Wandschrank und eine Pflanze in einem Topf. Es ist gemütlich. Doch Dai will nichts lieber, als alles ungeschehen zu machen. Niemals in dem Geschäft zu arbeiten begonnen zu haben. Niemals mit den Jugendlichen gestritten zu haben. Niemals die Elfen beleidigt zu haben. Niemals ... Es gibt so viele Dinge, die Dai falsch gemacht hat. Warum nur sie? Erst die Vision. Jetzt das. Was hat sie getan? Doch bevor sie weiterdenken kann, geht die Tür auf. Herein kommt Schè. „Oh Dai ...", flüstert er und stürzt sich auf sie. Sie schluchzt in sein Shirt. Diesmal ist es beige. „Schè!", schluchzt sie, „Es tut mir so leid. Ich wollte ... das alles nicht! Ich habe die Beherrschung verloren. Ich ... ich weiß, ich habe Scheiße gebaut. Das kann mir niemals jemand verzeihen. Aber es tut mir so schrecklich leid ..."
Er löst die Umarmung und schaut ihr in die Augen. „Dai, hör auf damit! Es ist nicht deine Schuld. Meister Ipo meinte, dass es passieren kann, dass die Kräfte mit einem durchgehen. Du wurdest wütend und deine Kraft hat deinen Verstand verlassen. Trotzdem

habe ich dich doch lieb! Und Miol … Na ja, das wird er dir schon selbst sagen! Er will gleich mit dir reden!" Bei seinen Worten wird ihr wieder übel. Sie will nicht mit ihm reden. Aber steckt da mehr dahinter? Ja. Sie hat Angst vor seiner Reaktion. Wird er sie hassen? Er war so nett zu ihr. Und sie? Sie hätte ihn beinahe umgebracht. „Okay …", sagt sie bloß, ihre Stimme reicht nicht für ausgiebige Erklärungen, und außerdem ist sie müde. „Hier!" Schè reicht ihr das Glas Wasser. Er gibt ihr vorsichtig einige Schlucke. Sie spürt, wie die Kraft in sie zurückkehrt. „Danke!", sagt sie, nun schon etwas stärker. „Ruh dich etwas aus, Miol hat gemeint, er wird in ein, zwei Stunden kommen …" Dai nickt. „Und … Schè … hast du was vom Bürgermeister gehört? Was passiert jetzt?" Er schaut sie an. Seine blauen Augen huschen hin und her, als würde er jede Kontur ihres Gesichtes mustern. „Okus war bestürzt. Aber Pëp und sogar Tão haben alles geschildert und dich sehr in Schutz genommen. Ich war leider zu geschockt. Doch hinterher habe ich die Sache mit den Kräften erläutert. Ich denke, du wirst mit einer Moralpredigt davonkommen!" Er zwinkert und steht auf. „Aber nun … Ruh dich aus! Ich werde dir etwas Leckeres zu essen bestellen. Glaub mir, das Essen hier ist köstlich!" Dai lächelt. „Danke, Bruder!" Er lächelt und fragt: „Soll ich sonst noch was für dich tun?" Dai schüttelt den Kopf. „Nein. Ich hab dich lieb, Schè!" Er streichelt ihr über die kupferfarbenen Haare. Sie beobachtet, wie er aus dem Zimmer geht. Als sich die Tür mit einem endgültigen Klack schließt, lässt sie sich in ihr Kissen sinken. Immer tiefer, als wäre es das Einzige, was sie noch halten könnte. Dass Schè das „Ich liebe dich" nicht erwidert hat, wird ihr erst später bewusst. Sie schließt die Augen, doch schlafen kann sie nicht. So dämmert sie die nächsten zwei Stunden in einem Zustand, irgendwo zwischen Traum und Wirklichkeit. Schließlich weckt sie ein zaghaftes Klopfen. Sie öffnet die Augen und schaut sich um. „Ja?" Zuerst ein Zögern, doch dann öffnet sich die Tür. Zuerst sieht sie das Tablett mit dem Essen, dann Miol. „Hey …", sagt er schüchtern und zieht den Kopf ein. Dai erwidert: „Tag. Was machst du hier?" Sie kann es sich schon denken, aber sie will es von ihm hören. Sie will seine bezaubernde Stimme hören. In seine funkelnden Augen blicken. Er räuspert sich. „Also, ich wollte mich nur versichern, dass es dir gut geht!" Jetzt wirkt er nervös. „Ich hatte Angst um dich!" Sie richtet sich auf. „Echt?" „Ja!" Er geht zu ihr. „Hier, Essen! Schmeckt nicht schlecht!" Sie betrachtet das Omelett. Es ist so groß wie ihre Hand, geschmückt mit Petersilie. Dazu Brot, Butter, Käse. Und ein Glas Wasser. „Miol …", beginnt sie, doch er unterbricht sie: „Dai, was war das in dem Laden? Was hast du da gemacht?" Er schaut sie an. Sie kann nicht anders, als loszuprusten. Er steigt in ihr Lachen ein. „Weißt du, dies war die Reaktion auf meine Wut. Mein Körper ist … mit mir durchgegangen. Ich bin schuld daran. Es tut mir so schrecklich leid, Miol. Ich verstehe es vollkommen, wenn du nichts mehr mit mir zu tun haben möchtest …" Miol setzt sich langsam zu ihr. „Dai, ich hatte solche Angst um dich. Du hast dein Leben für mich geopfert. Was denkst du von mir? Dass ich dich sitzen lasse, nur weil du die Beherrschung verloren hast? Dir muss ja was an mir liegen. Du hast mich gerettet, Dai!" Sie sieht ihm fest in die Augen. Sie funkeln wie helle Sterne. Sie schluckt. „Miol, ich …" „Dai, ich bin dir nicht böse. Ich war nur so geschockt, als du sowas gesagt hast … Es tut mir leid!" Dai spürt seine Hand an ihrer. Sofort greift sie sie. „Ich hatte Angst, dich zu verlieren, nur weil solche Trottel nicht damit klarkommen, dass du da bist. Ich dachte, du würdest denken, ich wäre so wie sie. Deshalb war ich wohl etwas sauer. Es tut mir leid!" Dai antwortet: „Nein, mir tut es leid. Ich wollte dich nicht mit ihnen vergleichen! Ich … du warst so nett zu mir. Hast mir alles gezeigt, mich so freundlich aufgenommen. Alle haben das. Und dann waren da diese Jugendlichen, die mich als plump, ungeschickt, unsensibel bezeichnet haben. Ich wollte das alles nicht. Ich wollte nie diesen verdammten Laden unter Wasser setzen! Ich wollte nicht, dass du in Gefahr kommst! Dafür bist du mir zu wichtig!" Er lächelt. Sie zieht ihn zu sich runter. Die beiden liegen nebeneinander. „Also halten wir fest: Nichts hat sich an unserer Beziehung geändert!", grinst Dai. Miol schaut sie an. *Hab ich das gerade richtig gesehen? War da ein kleiner Funke Enttäuschung in seinen Augen?*

Nein, ich habe mich bestimmt getäuscht … oder etwa doch nicht? Was passt ihm an unserer Freundschaft nicht? Dai versucht, diese Gedanken aus ihrem Kopf zu verscheuchen. Darüber kann sie später nachdenken. Doch immer wieder kehrt das gleiche Gefühl in sie zurück. Miol unterbricht sie: „Wann kommst du raus?" Sie zuckt die Schultern. „In ein paar Tagen … Genaueres hat mir die Schwester nicht gesagt …", murmelt sie.

Nach einer Viertelstunde, in der sich die beiden über Kräfte und Drachen unterhalten haben, muss Miol gehen. Genauer gesagt wird er von Okus verscheucht. „Miol, darf ich mit Dai allein sprechen?" Dai zuckt zusammen. Sie hat Okus nicht kommen hören. Der alte Elf mit dem langen Bart steht im Eingang. Er sieht nicht sehr zufrieden aus. Ein vorahnendes Gefühl umklammert Dai. Als wüsste sie, was jetzt passiert. Miol steht auf, sie greift seine Hand, doch nachdem er sie aufmunternd angesehen hat, muss sie sich von ihm lösen. Okus schaut Miol nach, der aus dem Raum geht. Dai bewundert abermals Miols schlanken, hübschen Körper. Er sieht wirklich nicht schlecht aus. „Also Dai, ich denke, du weißt, warum ich hier bin!" Nur zögerlich löst sie sich von Miols Zauber und schaut Okus an. „Ja …", sagt sie langsam. „Dai, du brauchst keine Angst zu haben. Ich werde euch nicht rausschmeißen. Euer Meister, Ipo, der hat genau solche Sachen gemacht. Er war ein echter Rabauke. Aber trotzdem müssen wir darüber reden!" Er kommt zu ihr, setzt sich, so wie Miol, neben sie. Dai versucht, seine Miene zu lesen. Unter all den jungen Gesichtszügen verbirgt sich etwas. Etwas, das ihn dennoch älter erscheinen lässt. Sie weiß nicht, was es ist. Aber trotzdem kann sie sich vorstellen, dass er viel älter ist, als er aussieht. „Tão und Pëp haben nur gut über dich gesprochen. Sie scheinen sich echt Sorgen um dich zu machen. Dein Bruder hat mir erklärt, dass Kräfte über einen herrschen können. Doch um ehrlich zu sein, habe ich das schonmal gesehen. Aber bei dir ist es besonders gewesen. Du hast die Kontrolle über deine Kräfte verloren. Ich denke nicht, dass du das erklären kannst. Aber kannst du mir freiheraus einfach beschreiben, was geschehen ist? Damit ich es aus deinem Munde höre?" Dai schließt die Augen, versucht sich zu erinnern. „Also ... ich hatte einen Streit mit ein paar Jugendlichen. Und dann war da noch Miol. Ich habe ihn verletzt. Und diese Wut über die Jugendlichen und das Gefühl, dass Miol von mir verletzt wurde, wobei er es doch gar nicht verdient hat, hat in mir zu solcher Wut geführt und meinen Drachen so erzürnt, dass ich das Wasser um mich versammelt habe und es auf die Jugendlichen gehetzt habe. Aber es hat sich nicht wie ich angefühlt, sondern als würde mich etwas beherrschen. Wie eine fremde Seele in mir. Ich weiß es nicht. Und dann kam auch noch Schè. Ich hatte keine Kontrolle über meinen Körper, ich habe mich von Wut und Angst leiten lassen. Doch die Angst hat sich erst entwickelt, als Schè mich aufhalten wollte. Ich sah in ihm eine Bedrohung. Ich habe ihm wehgetan. Das wurde mir erst zu spät bewusst. Nämlich als ich die Kontrolle schon längst nicht mehr hatte. Nein, ich hatte sie eigentlich noch nie. Die Kraft kontrolliert mich. Und nicht andersrum. Jedenfalls habe ich dann realisiert, was passiert ist. Und ich habe eine zweite Welle erhoben, die ich kontrollieren konnte. Und dabei habe ich fast Miol verloren ..." Okus nickt immer wieder. Er scheint sich in ihre Lage zu versetzen, scheint nachzuvollziehen, was passiert ist. Dai fragt: „Was wird jetzt geschehen? Muss ich ... Strafarbeit machen? Oder was?" Okus antwortet: „Du wirst dich erst einmal auskurieren. Dann werden wir weitersehen. Ich denke, du wirst einfach immer wieder mit Schè darüber reden. Ich habe ihm und deinen anderen Freunden den Auftrag gegeben, auf dich zu achten. Sie meinten, dass sie dich einfach zur Vernunft bringen könnten. Aber noch eine letzte Frage: Was meinst du, hat dich kontrolliert? War es jemand? Oder etwas?" Sie antwortet: „Ich weiß es nicht. Es war eine starke Macht. So stark, dass ich mich nicht wehren konnte. Ich ... ich weiß es nicht ..." Beim Gedanken daran kommen ihr die Tränen. „Ich hab keine Ahnung ...", murmelt sie leise. Okus legt ihr eine Hand auf den Rücken. „Keine Angst. Hauptsache, dir geht es gut. Wenn es dir nicht einfällt, dann ist es nicht schlimm. Hetz dich nicht. Mit der Zeit kommt es, bestimmt!" Sie schluchzt leise und nickt. „Okay? Ich muss dann wieder gehen. Die Arbeit ruft!" Sie nickt.

Er steht auf. Mit schweren Schritten verlässt er den Raum. Sie schaut ihm nach. Sein Gang ist nicht annähernd so elegant wie sonst. Was ist los? Sie wünscht sich Miol. Seinen eleganten, aber trotzdem starken Körper, seinen vertrauten Duft, sein Lächeln, seine beruhigende Stimme, seine Augen, seine Haare … einfach alles an ihm. Er ist ihr bester Freund … blitzartig kehrt wieder dieser Gedanke zu ihr zurück, dieses Gefühl. Sie schüttelt ihren Kopf und zieht wieder ihr Tablett zu sich. Sie isst das Omelett und das Brot und trinkt das Wasser. Doch nach dem ersten Schluck beginnt sie, die Verbände um ihren Körper abzuwickeln und das Wasser auf die Wunden zu kippen. Es sind nur kleinere Schürfwunden und ein paar Prellungen, die nicht sehr wehtun. Aber sie will nicht an das Krankenbett gefesselt sein. Sie steht langsam auf. Außer einem hartnäckigen Gefühl der Übelkeit und stechenden Kopfschmerzen geht es ihr gut. Sie geht raus aus dem stickigen Raum und durch den Gang zur Tür. Auf einmal fühlt sie sich wie auf der Flucht. Alles wird so eng, dass sie nicht anders kann als loszurennen. Sie drückt die Türen zur Freiheit auf. Niemand hat sie gesehen? Gut. Sie läuft aus dem Krankenhaus raus und zurück zum Rathaus. Von dort aus geht sie zu den Hütten. Sie achtet besonders darauf, niemandem zu begegnen, den sie kennen könnte. In ihrer Hütte zieht sie sich auch um. Ihre Kopfschmerzen sind etwas besser geworden. Aber sie hat Hunger. Das Omelett war gut, aber sie will etwas Richtiges zwischen den Zähnen. Deshalb macht sie sich, nachdem sie sich die Zähne geputzt und sich etwas Bequemes, Wärmeres angezogen hat, auf den Weg zum Essenszelt. Doch gerade als sie es betritt, kommen ihr Schè und Pëp entgegen. Es gibt für sie keine Möglichkeit mehr, ihnen auszuweichen. Jetzt braucht sie eine verdammt gute Ausrede. „Hey Dai! Warum bist du hier?" Pëp umarmt sie. Ja, warum ist sie hier? Sie löst sich etwas angespannt von ihr. „Ich … darf eine halbe Stunde lang rausgehen, weil es mir ziemlich gut geht!" Schè nickt. „Na gut, wir wollen dich nicht aufhalten. Wie wäre es, wenn wir dich in zwei Stunden besuchen kommen? Was hältst du davon?" Dai nickt schnell, murmelt ein gehetztes „Bis dann!" und drückt sich an den beiden vorbei. Sie nimmt sich etwas Fisch, Nudeln mit Soße, etwas Brot mit Butter und Schinken und als Nachtisch Bratapfel mit Apfelmus und Zimt und mit Schokolade übergossen. Dann noch etwas Saft und zum Schluss noch ein Glas Wasser. Danach fühlt sie sich wie neu. Soll sie zurück ins Krankenzimmer gehen? Nein. Sie hat eine Sache zu erledigen, eine ganz wichtige Sache. Sie läuft schnurstracks in die kleine Ladenstraße zu dem Klamottenladen. Doch zu ihrer Überraschung ist nichts da. Keine Wassermassen, nichts. Langsam geht sie auf den Laden zu. Warum? Alles ist zerstört, die Trümmer liegen bis auf die kleine Gasse, aber kein Tropfen Wasser ist zu sehen. Sie geht beschämt in den Laden rein. Gerade kommt Zaï aus dem Lager. Er schaut sie erschrocken an. „D-Dai ..." Sie senkt den Blick. „Es tut mir leid, wenn ich störe, ich wollte nur ... also ... ich wollte ... mich entschuldigen ... wegen ... na ja, du weißt schon ..." Er lächelt plötzlich. „Hab keine Angst, Dai. Ich sehe es dir in keinerlei Hinsicht nach. Du bist so ein netter Mensch, schau dir nur mal den Jungen an, er war begeistert von dir. Ich kann mir nicht vorstellen, dass du so etwas tun kannst. Es war bestimmt so wie bei Ipo. Er war auch so. Eigentlich ganz nett, aber wenn man ihn gereizt hat, oho, dann musste man sich vorsehen. Dein Drache hat viel Temperament. Dafür kannst du nichts. Fühl dich nicht schuldig!" Sie ist erstaunt. „Öh ... danke!" Mehr kann sie nicht sagen. Er sagt: „Wenn du wieder gesund bist, darfst du es noch einmal hier probieren, okay?" Sie nickt. „Aber apropos, warum bist du nicht im Krankenhaus?" Sie erklärt: „Darf kurz raus, weil es mir schon besser geht!" Er nickt. „Aber ich hab noch eine Frage, Zaï?" Er schaut sie an. „Wie habt ihr das Wasser weggeschafft?" Er lächelt. „Keine Ahnung, wir waren das nicht. Das war auf einmal nicht mehr da. Wie von Zauberhand!" Sie schaut ihn zweifelnd an. „Aber das kann gar nicht sein ...", murmelt sie und beugt sich runter. Ihre Finger fahren über den staubigen Erdboden bis zu den Steinplatten, die den Boden des Geschäftes bilden. „Keine Ahnung, auf jeden Fall sind wir fleißig dabei, das Geschäft wieder aufzubauen! Und wie gesagt, komm bald wieder und hilf uns! Die Jugendlichen haben fürs Erste Hausverbot!"

Was für ein Glück, dass ihr zumindest jemand hundertprozentige Sicherheit gibt. Noch nicht mal Miol oder ihr Bruder gaben ihr diese Sicherheit. Bei Schè weiß sie es nicht genau, sie weiß nicht, was sie davon halten soll. Und Miol … Na ja, er verhält sich so merkwürdig, es macht ihr fast schon Angst. Ist es Liebe? Oder was anderes? Doch egal, was es ist, es bereitet ihr Panik. Doch Zaï scheint voll an sie zu glauben. „Soll ich dich noch zurückbegleiten?" Seine raue Stimme reißt sie aus ihren Gedanken. „Nein, ich pack das schon! Ich besuche euch, sobald es geht!" Sie lächelt, steht auf, dreht sich um und geht. Den Weg zurück starrt sie nur auf den Boden unter sich, um nicht die Blicke zu sehen, all jene bemitleidenden Blicke, all jene Blicke, die sie voller Hass oder Angst ansehen. Sie will nur noch schlafen. Nein, das stimmt nicht ganz. Sie will Miol. Ganz ohne Angst vor irgendwelchen Gefühlen. Sie will wieder mit Miol auf dem Bett liegen, nur die beiden, und über alles reden. Ach, könnte sie doch nur die Zeit zurückdrehen und alles besser machen. Ohne Miol zu verletzen. Ohne den Streit zu provozieren. Ohne Ausraster. Ohne die Wasserhand, die Macht, ohne alles. Doch sie kann es nicht. Sie mag Vieles können, aber Zeit kann sie nicht beeinflussen. Die Zeit kann nichts und niemand beeinflussen. Jeder ist ihr machtlos unterlegen. In gewisser Art beherrscht die Zeit alles. Selbst Dai.

Sie beschließt, zu schauen, ob Miol am Wachturm ist. Warum weiß sie selbst nicht. Sie nutzt den langen Weg, um etwas Abstand zu gewinnen. Wem kann sie vertrauen? Sofort fällt ihr ihr Bruder ein. So schrecklich sie auch zu ihm war, er liebt sie und wird es immer tun. Auch Miol hat ihr verziehen. Und Zaï. Er war so nett zu ihr. Aber sie hat sich auch sehr viele Feinde im Dorf gemacht. Sie ist fremd, was schon Grund genug für Misstrauen ist. Und dann noch die Sache mit dem Wasser … Sie schämt sich so sehr. Sobald sie entlassen ist, wird sie mit Schè reden. Sie müssen die Stadt verlassen. So schnell es geht.

Als sie am Wachposten angekommen ist, sieht sie Sāv. Aber Miol ist weit und breit nicht zu sehen. Irgendwie hat sie es gehofft. Sie würde ihn ja sowieso nicht ansprechen, ob er nun da wäre oder eben nicht. Einige Minuten beobachtet sie Sāv, gut getarnt hinter einem Busch. Sie muss an ihren Ausflug mit Miol denken. Es war wunderschön dort. Schließlich beschließt sie, wieder zum Krankenhaus zu gehen. Es ist schon relativ spät, sie war schon mindestens eine, wenn nicht sogar zwei Stunden weg. Langsam müssen sich alle Sorgen machen. Der Wächter hat sie nicht gesehen. Sie läuft langsam wieder zurück. Sie muss daran denken, nochmal zu Tali zu gehen. Sie muss wissen, ob diese sie noch mag. Dai könnte es sich nie verzeihen, wenn sie sie nicht mehr beim Arbeiten haben möchte. Sie liebt die Pferde doch so sehr. Und was ist mit Tão und Pëp? Die beiden haben sie vor dem Bürgermeister verteidigt. Ob Nala wohl ein gutes Wort für Dai eingelegt hat? Sie ist schließlich Okus' Tochter. So viele Fragen schwirren ihr im Kopf herum. So viele Personen, die ihr Leben so verändert haben. So viele Personen, die ihr immer noch vertrauen. Und mindestens genauso viele, die sie nun hassen. Oh Mann …

Enttäuscht kommt sie am Krankenhaus an. Sie schleicht sich heimlich in ihr Zimmer. Das Frühstückstablett ist weg, stattdessen steht dort Mittagessen. Sonst ist alles wie vorher auch. Sie setzt sich hin und betrachtet das Essen. Eintopf mit Brot und Tee. Sie beginnt, das Brot in den Eintopf zu tunken. Obwohl sie erst gegessen hat. Aber sie denkt an die endlos langen Nächte in der Wildnis, wenn sie so wenig Essen hatten, dass sie hungrig schlafen mussten. Und bald werden sie ja weiterziehen. Dann wird sie froh sein, wenn sie wenigstens etwas zu essen hat. Sie isst den Eintopf und das Brot, trinkt den lauwarmen Tee und legt sich wieder hin. Der Tee ist beruhigend und sie kann ihre Gedanken in Ruhe ordnen. Doch sie wird von einer Schwester unterbrochen, die durch die Tür kommt. Als sie Dai erblickt, errötet sie leicht. „Ups, ich bitte um Verzeihung. Ich wusste nicht, dass du schon wieder zurück bist!" Dai lächelt. „Kein Problem. Wo ist mein Bruder? War er hier?" Die Schwester macht die Tür zu. „Er ist nicht hier, aber er macht sich große Sorgen und sucht nach dir. Soll ich ihn holen lassen?" Sie schüttelt den Kopf. „Sag ihm Bescheid, aber ich möchte gern allein sein!" Sie nickt. Dai stellt den Tee weg. „Wann werde ich hier rauskommen?" Die Schwester erwidert: „Na ja, ich denke mal, morgen wird der Arzt mit dir reden, und dann wirst du ja vielleicht schon entlassen!" Dai lächelt und sagt: „Okay, hört sich gut an! Nimmst du das Essen direkt mit?" Die Schwester sagt: „Klar! Gibt es sonst noch was, womit ich dir dienen kann?" Dai schüttelt den Kopf. Die Schwester lächelt. „Gut, ich geb Schè und den anderen sofort Bescheid, dass es dir gut geht!" Die Schwester nickt, nimmt das Tablett und geht zur Tür. Sie lächelt Dai kurz zu, dann verlässt sie das Zimmer und macht die Tür vorsichtig zu. Dai lehnt sich zurück und bricht in Tränen aus. Diese verdammten Schuldgefühle plagen sie, sie kann nichts dagegen machen. Sie halten sie fest wie ein Kokon. Dai liegt da, lässt die Scham und den Selbsthass, die Schuldgefühle, die gottverdammten Schuldgefühle, einfach auf sich einprasseln und ihre Tränen sie wegspülen, bis sie endlich einschläft.

Sie steht in einem Wald, doch die Bäume bestehen zum größten Teil aus Wasser. Überall sind schwebende Lichter. Es sieht atemberaubend schön aus. Wie in einem Märchenwald. Sie bemerkt ein kleines Licht neben sich. Von weitem sehen sie aus wie die Lichter am Himmel, doch von nahem betrachtet ähneln sie Schmetterlingen oder sogar Vögeln. Es sieht sehr geheimnisvoll aus, fast schon ein wenig gruselig, so still wie es hier ist, doch sie verspürt keine Angst, sondern nur Neugierde. Sie versucht sich zu bewegen, doch ihre Bewegungen fühlen sich nicht echt an. Sie bewegt sich nicht echt. Als hätte sie keine Kontrolle über ihren Körper. Und trotzdem läuft sie nach vorn, einen Fuß vor den anderen setzend. Sie schaut auf und erkennt zwischen den Wasserbäumen und den leuchtenden Vogel-Schmetterlingen eine Lichtung. Auf ihr liegt ein riesiger Drache. Er kommt ihr so merkwürdig bekannt vor. Sein Körperbau ist massig, er hat lange, matschbraune Beine und einen sandfarbenen, leicht rotstichigen Körper. Er scheint zu schlafen. Doch sobald sich Dais Körper auf die Lichtung zubewegt, wacht er auf. Sein Kopf erhebt sich und schaut sie treuherzig an. Sie muss lächeln. Sie weiß, dass der Drache ihr nichts Böses möchte, sie hat keine Angst vor ihm. Er sitzt einfach ganz ruhig da und schaut sie an. Eine Stimme ertönt, nicht sehr laut, aber eindringlich, kraftvoll, lebendig. „Dai!" Es ist nicht der Drache, der spricht. Die Stimme hat keine richtige Quelle. Sie kommt von überall her. „Dai, ich weiß, du verstehst das alles nicht, aber hab keine Angst. Bald wird dir alles klarer sein. Hab keine Angst, dein Drache beschützt dich. Doch du musst dich beeilen, verlasse das Dorf. Das Licht weist dir den Weg, sei unbesorgt. Doch du musst die Schuld abwerfen und gehen!"

Sie erwacht ruckartig, ihr Herz hämmert. Was ... war ... das? Sie wischt sich über ihr schweißgebadetes Gesicht und steht auf. Mehrere Minuten läuft sie hin und her, bis sich ihr Herz langsam beruhigt. Sie nimmt die Klingel in die Hand, legt sie jedoch nach einigem Hin und Her wieder weg. Die Schwestern würden ihr nicht glauben. Würden ihr Morphium oder sowas geben, sie weiter hier behalten, und das darf sie nicht zulassen. Wenn die Stimme in ihrem Traum recht hat, dann müssen sie aufbrechen! Aber wie macht sie das am besten ihrem Bruder klar? Er wird es nur für einen Traum halten, nichtssagend. Wer könnte ihr glauben? Zuerst fällt ihr Miol ein. Er wird ihr glauben. Außerdem wünscht sie sich nichts sehnlicher als seine starken Arme. Sie zieht sich so leise wie möglich um und geht vorsichtig aus ihrem Zimmer. Barfuß läuft sie über den Flur. Sie drückt vorsichtig die Tür auf, kalter Wind fließt ihr um die Beine wie Wasser. Sie tritt raus. Etwas kalt ist es schon, aber es fühlt sich angenehm an. Sie läuft durch die Stadt, spritzt sich am Brunnen etwas Wasser ins Gesicht, geht am Essenszelt vorbei zum Haus, in dem Miol wohnt. Sie klopft vorsichtig an sein Fenster, hofft, damit seine Eltern nicht zu wecken, und späht ins dunkle Zimmer. Zuerst ist alles still, doch beim zweiten Klopfen regt sich etwas. Seine magere Gestalt erhebt sich. Sie stellt sich auf die Zehenspitzen, um besser sehen zu können. Er steht langsam auf. Er braucht nur zwei große Schritte, um beim Fenster zu sein. Leise macht er es auf. „Dai! Was machst du denn hier?" Seine Flügel zittern unruhig. „Miol! Ich ... ich muss mit dir reden!" Er scheint zu merken, dass sie ihn braucht. Er hilft ihr durchs Fenster. „Sei leise, meine

Eltern schlafen! Also, was ist los?" Sie drückt sich gegen ihn. Sein weißes Shirt saugt ihre Tränen auf. „Ich ... ich hatte wieder diese Vision. Also, dieses Mal eine andere, aber so wie die andere! Ich mein, wie die, die ich vorher hatte. Ich mein ..." Er streicht ihr vorsichtig über den Kopf und sagt: „Pschhh, setzt dich erstmal hin. So, jetzt erzähl nochmal von ganz vorn. Worum ging es dieses Mal?" Sie erzählt ihm alles haargenau und versucht dabei, nicht die Fassung zu verlieren. Er nickt immer wieder, streicht ihr die ganze Zeit über den Rücken und scheint ihr vom ersten Wort an zu glauben. „Du hast deinen Drachen gesehen? Krass! Wie sah er aus? Wie du es dir vorgestellt hast ...?" Er räuspert sich kurz. „Sorry, also. Was willst du jetzt machen? Meinst du, Schè und die anderen werden dir glauben?" Sie schüttelt den Kopf. „Deshalb bin ich ja zu dir gegangen! Ich wusste, du würdest mir glauben!" Er lächelt. „Ich glaube dir immer, Dai! Aber um ehrlich zu sein, ich würde wahrscheinlich auch nicht so einfach aufbrechen, ich meine so kurzfristig von heute auf morgen, nur weil eine Stimme in deiner Vision das gesagt hat!" Sie senkt den Kopf, betrachtet ihre Hände. „Ich habe aber eine Idee, die dir vielleicht helfen könnte!" Sie schaut wieder auf, betrachtet seine dunklen blauen Augen. „Lass uns zu Ambèth gehen!" Seine Augen strahlen förmlich, wie das Wasser an warmen Sommertagen. So hell waren seine Augen noch nie. „Okay, wenn du meinst ..." Sie lehnt sich gegen ihn. Er lächelt sie ermutigend an. „Aber zuerst ruhst du dich aus!" Sie lächelt nun auch. „Gut, wenn du meinst ..." Er sagt: „Ja! Leg dich hin!" Sie fragt: „In dein Bett?" Er nickt. Sie erwidert: „Nein, ich leg mich einfach mit einer Decke auf den Boden ... das geht doch auch!" Er lacht leise. „Nein, leg dich hin!", befiehlt er und schiebt sie sanft in die Mitte des Bettes. Liebevoll deckt er sie zu und setzt sich neben sie. Sie lächelt. „Danke, Miol!" Er lächelt ebenfalls. „Gute Nacht! Diesmal hoffentlich ohne Träume, Visionen oder sonstiges Zeugs!" Er grinst frech und steht auf. Sie schließt zufrieden die Augen. *Danke Miol!*, sagt sie sich innerlich und schläft mit ihren Gedanken bei Miol ein, Miol, der immer nett zu ihr war, sie immer freundlich behandelt hat und auch jetzt noch mag, wo sie ihn doch fast umgebracht hätte. Es löst ein süßes Gefühl in ihr aus, das sie sanft in den Schlaf wiegt.

Als sie aufwacht, ist Miol gar nicht da. Sie stützt sich auf, schaut sich um. „Miol?" Wo ist er nur? Sie schiebt die Decke von sich. Die Tür geht auf. Miol kommt gerade herein. „Hallo, liebe Dai! Na, wie haben wir geschlafen?" Frech erwidert sie: „Ich hab gut geschlafen, bei dir weiß ich es leider nicht!" Er lacht leise. Sie schwingt die Beine aus dem Bett. „Ich hab sogar einen Plan!" Jetzt ist sie gespannt. „Miols bombensicherer und einfallsreicher Plan ist definitiv der beste, den es gibt: Wir gehen zuerst essen und danach zu Ambèth!" Sie schmunzelt leicht. „Superkrass! Aber ehrlich, klingt gut! Ich habe großen Hunger!" „Genau das wollte ich hören!", sagt er lachend und hilft ihr auf. Zum Glück hat sie ihr grünes Shirt und die graue Stoffhose gestern schon angezogen. Nur ihre Schuhe vermisst sie ein bisschen. Aber egal. Wie Ipo immer zu sagen pflegte: „Barfußlaufen ist gesund, Kinder! Das fördert die Durchblutung und macht euch stärker!" Und außerdem sind die Wege nicht sehr steinig. „So, meine Eltern sind nicht da. Wenn Sie mir bitte durch die Vordertür folgen würden, Mrs. angehende Drachenzähmerin." Sie kichert und folgt ihm durch den schmalen Flur raus in den warmen Frühlingsmorgen. „Was ist mit dem Krankenhaus?", fragt sie, während sie einer Gruppe Elfen zum Speisesaal folgen. Miol lacht: „Ach, die sind doch Ausbrüche von dir gewohnt!" Sie steigt in sein Lachen ein. Schon von weitem riechen sie den angenehmen Duft von Pfannkuchen, frischen Brötchen und Obst. Dai holt sich ein paar mit Ahornsirup übergossene Früchte und zwei Reiswaffeln mit Marmelade. Miol holt sich Brötchen mit Käse und Schinken und ein kleines Törtchen mit Blaubeersoße. Sie essen in Ruhe ihr Essen und machen sich dann auf den Weg zu den Schamanen. Auf dem Weg fragt Dai: „Woher kennst du Ambèth eigentlich?" Er antwortet: „Lange Geschichte, erzähl ich dir ein anderes Mal, okay, Kleine?" Sie nickt. Vorsichtig bahnen sie sich einen Weg durch den Pfad zu der kleinen Lichtung. Miol geht vor zu Ambèths Zelt. Er fragt: „Ambèth?" Von drinnen hört man ihre Stimme undeutlich sagen: „Herein!" Sie treten in das Zelt ein. Da sitzt sie wieder. „Hallo Miol! Hallo Dai! Ich sehe schon, euch verschlagen Ungewissheit und Angst hierher. Hattest du wieder eine Vision?" *Woher wusste sie das?* Dai nickt stumm. „Ich weiß alles, Kleine!" Ambèth zwinkert ihr freundlich zu und steht auf. Sie läuft zu einer Art Kräuterschränkchen. „Ich kann dir nicht erklären, woher der Traum kam und warum, das musst du schon selber herausfinden, aber du verstehst, dass ihr schnellstmöglich aufbrechen müsst, oder?" Sie nickt wieder. Ambèth dreht sich zu ihr um. „Meine Gefährten würden es nicht verstehen! Was soll ich tun, um es ihnen zu beweisen?" Ambèth lächelt. „Dai ... du bist eine starke Frau. Obwohl du so jung bist, bist du schon so reif. Ich wünschte nur, alle Kinder der Götter wären so reif. Ich wünschte, sie alle würden mit ihrem Herzen sehen, das Gute vom Bösen unterscheiden können. Doch dem ist nicht so. Du bist ein sehr tapferes Kind, Schatz. Du wirst die richtigen Worte finden, um deinen Gefährten den Weg zu zeigen. Sie sind alle vernünftig, das spüre ich. Und sie werden dir glauben, wenn du verstehst, was du sagst! Sieh den Traum mit klarem Herzen. Dann wirst du deine Gefährten überzeugen können!" Ambèth, welche sich mittlerweile wieder ihrem Schrank zugewendet hat, nimmt ein kleines Fläschchen und geht wieder zu ihr. „Hier, nimm das mit auf deinen Reisen!" Sie nimmt Dais Hand, legt es sanft auf deren Handfläche und ballt die Hand zu einer Faust. „Das ist Schlafmohn. Eine bezaubernde Pflanze, doch ihre Heilkraft ist stark und nützlich. Wenn du jemals Hilfe brauchst, dann nimm etwas davon, schon ein Körnchen reicht und du schläfst friedlich ein, um einen Traum zu empfangen. Aber du musst wirklich vorsichtig damit sein. Es ist stark, sehr stark. Ein Korn reicht aus, um dich in heiligen Schlaf zu versetzen. Zwei Korn, um dich auf Lebenszeit stumm zu machen. Und drei Korn sind genug, um dich umzubringen!" Dai nickt ernst und zieht ihre Hand zurück. Ohne nochmal auf das Fläschchen zu gucken, steckt sie es in ihre Tasche. Ambèth lächelt. „Danke Ambèth!", sagt sie und senkt respektvoll den Kopf. „Ich hoffe, ich konnte dir helfen!" Sie nickt nur und geht dann zum

Ausgang. „Wir sehen uns wieder, Dai!" „Tschüss!" Miol und sie gehen so schnell sie können zurück. „Wo sind sie?", fragt Dai. Miol sagt: „Ich guck im Essenszelt, geh du zu euren Häusern!" Sie nickt und eilt zu den kleinen Hütten. Schè ist nicht da, Pëp auch nicht. Nur Tão liegt mit Nala in seiner Hütte. „Dai, hast du schonmal was von Anklopfen gehört? Was willst du?", ranzt er sie an, doch das ist ihr momentan egal. „Tão, ich muss dringend mit euch reden! Geht schonmal vor unsere Hütte, okay?" Er ist so überrascht, dass er keine Fragen stellt. Sie geht schnell aus seiner Hütte raus und geht zum Essenszelt. Miol kommt ihr schon entgegen, in seinem Schlepptau ist Schè mit Pëp. „Dai? Was ist los?" Sie antwortet ihm nicht, sondern dreht sich im Laufen um und läuft zurück. Nala und Tão stehen vor der Hütte, Dai bemerkt ihre ineinander verschränkten Hände, aber sie sagt nichts dazu. „Ihr fragt euch jetzt bestimmt, was ich von euch will, und ich will auch gar nicht lange drumrumreden: Wir müssen gehen!" Miol schüttelt amüsiert den Kopf. Schè fragt: „Warum? Wie kommst du darauf?" Tãos Augen mustern sie interessiert, das kann selbst seine Maske nicht verdecken. „Ich … ich hatte eine Vision. Wieder. Und deshalb müssen wir los!" Sie ruft sich die genauen Worte in Erinnerung. Pëp geht zu ihr. „Oh Dai, ich weiß nicht, ob es eine gute Idee wäre, jetzt schon zu gehen. Ich meine, nach dieser Sache …" Schè ergänzt schnell: „Und außerdem, wer hat das denn gesagt? Es war vielleicht nur ein einfacher Traum, Dai!" Miol verteidigt sie: „Ich glaube nicht, dass es ein Traum war! Sogar die Schamanen meinten, dass ihr aufbrechen müsst! Bitte, Leute!" Pëp fragt: „Die Schamanen?" „Ja, wir waren bei Ambèth, und sie meinte, wir sollten unbedingt gehen! Bitte, hört nur ein einziges Mal auf mich!" Schè sieht nicht sehr begeistert aus, doch er nickt zu ihrer Überraschung. „Okay, wenn du meinst, dann brechen wir heute noch auf. Was denkst du, Pëp?" Sie nickt. Dai schaut zu Tão. „Ich bin derselben Meinung wie Schè!" Nala, um deren Schultern er einen Arm gelegt hat, schaut ihn gekränkt an. Er drückt sie an sich. „Gut, dann lasst uns packen. Einer muss noch Okus Bescheid sagen! Am besten brechen wir nach dem Mittagessen auf!" Nala reißt sich von Tão los und stürmt davon. Tão schaut ihr hinterher. „Gut, wir sehen uns beim Mittagessen!", sagt er kurz angebunden und läuft ihr hinterher. Dai seufzt und schaut zu Miol. Dieser lächelt traurig. „Komm, ich helfe dir beim Packen!" Sie nickt und schaut zu Schè. Er nickt. „Ich komme gleich, geht schonmal vor!" Dai greift Miols Hand und zieht ihn zu den Hütten. Sie sehen Tão und Nala vor seiner Hütte, wie er sie zu trösten versucht, sie sich jedoch wegdreht. Dai drückt die Tür zu ihrer Hütte auf und zieht Miol mit hinein. Sie geht zu ihrem Bett und nimmt den Schlafsack. „Ich werde dich sehr vermissen, kleine Dai!", beginnt Miol und seufzt. Sie faltet stumm ihren Schlafsack zusammen. „Ich mein, die Zeit mit dir war echt schön! Du bist echt eine gute Freundin. Ich hoffe, dass du mich irgendwann besuchen kommst!" Dai befestigt lächelnd den Schlafsack an ihrem Rucksack und erwidert: „Du wirst mir auch fehlen, Miol! Du hast mir so viel gezeigt. Danke, einfach danke!" Miol lächelt auch und hilft ihr. Sie macht weiter mit der Isomatte. „In knapp zehn Tagesmärschen, eher weniger, sind wir beim Mondstein. Ich verspreche dir, dich mal mit meinem Drachen besuchen zu kommen!" Sie faltet die Matte zusammen und gibt sie Miol, welcher sie an dem Rucksack befestigt. „Na das hoffe ich doch! Ich hab noch nie einen Drachen gesehen! Ich bin gespannt!" Bevor sie etwas sagen kann, kommt Schè rein. Er setzt sich neben sein Bett und beginnt seine Wäsche zu sortieren. Neben ihrem Bett liegt ein Sack aus Leder. Schè erklärt: „Für dreckige Wäsche. Ach ja, Wenn du fertig bist, triff dich draußen mit Pëp! Sie wollte noch ein letztes Mal duschen gehen!" Dai nickt und zieht einen Stapel Wäsche zu sich. Sie stopft ihn in den Sack. Keiner sagt ein Wort. Sie nimmt sich ihr Handtuch, eine schwarze, etwas zu große Stoffhose und ein aus grobem Stoff genähtes braunes Shirt. Dazu noch Unterwäsche und Socken. Sie stapelt alles und geht zur Tür. „Viel Spaß, ihr beiden!", wünscht sie den Jungs und verschwindet raus. Pëp wartet da schon auf sie. „Hey Dai! Alles okay?" „Ich denke, ja!" Sie legt einen Arm um sie. „Ich weiß nicht, was ich von der Sache halten soll, aber wenn du sagst, wir sollen gehen … ich vertrau dir, Dai!" Dai lächelt leicht. „Das bedeutet mir wirklich viel, Pëp …" Sie läuft los, Dai folgt ihr stumm. Sie laufen zum Waschhaus und duschen. Dai vermisst die Dusche jetzt schon. Warmes Wasser, Seife … Sie weiß, dass es noch etwa zwei Wochen dauern wird, ehe sie wieder warmes Wasser zu spüren bekommt. Sie gehen in eine Kabine. Dai genießt jeden Tropfen Wasser, sie duscht sich ab, seift sich ein, wäscht es ab, wiederholt das hundertmal, und irgendwann trocknet sie sich schweren Herzens ab. Sie zieht Unterwäsche an, geht raus aus der Kabine. Pëp hat schon eine purpurne Hose an. „Wow, die Hose muss echt wertvoll sein!" Purpur wird nur im Osten hergestellt und kommt selten mal zu ihnen in den Süden. „In meiner Heimatstadt hatten wir eine Schneckenfarm. Diese Schnecken, aus ihren Häusern wird Purpur hergestellt!" „Echt? Cool … ich hab ein Stofftuch aus Purpur. Mehr konnten wir uns nicht leisten …" Pëp zieht ein weißes Top mit aus dünnen Fäden geflochtenen Trägern an. Sie selber nimmt ihr Stoffshirt und die Hose. „Wo habt ihr gelebt?" Dai erklärt: „Auf einer Farm. Getreide, Karotten und Kartoffeln, hin und wieder mal Zuckerrüben oder Ingwer. Der Großteil wird verkauft, einen Teil behalten wir oder verarbeiten ihn weiter und verkaufen das dann. Schè hat manchmal seine Statuen verkauft. Es war ein bescheidenes, aber gutes Leben!" Pëp lächelt. „Hört sich echt aufregend an …" Sie nickt. Dai sagt: „Ich muss nochmal zu Tali. Unbedingt. Kommst du mit?" Pëp nickt. Doch bevor sie das kann, kommt Schè mit Tão, Nala und Miol zu ihnen. Sie läuft auf Schè zu. „Ich muss nochmal zu Tali!" Schè erwidert: „Dai, wir müssen los! Es ist schon Mittag!" Sie nickt. „Klar …", murmelt sie leicht betrübt und geht zu Miol. Jetzt heißt es wohl Abschied nehmen …

„Zuerst einmal Danke, Dai!"

„Danke wofür?"

„Für alles. Die letzten Tage waren so toll! Ich bin so froh, jemanden wie dich getroffen zu haben! Du bist das tollste Mädchen, das ich kenne! Wenn ich könnte, würd ich dich glatt hierbehalten, aber du hast eine Aufgabe zu erledigen. Eine wichtige Aufgabe. Trotzdem werde ich immer zurückdenken. Ich hoffe, du besuchst mich regelmäßig, Dai!"

„Klar, Miol. Ich werde vorbeikommen, sooft ich Zeit habe, und dann können wir zusammen fliegen! Ach Miol ... ich werde dich echt vermissen!"

„Ich dich auch, Dai. Aber du weißt, du musst dich konzentrieren. Denk an Ambèths Worte. ‚Sieh den Traum mit klarem Herzen.' Du musst dich zusammenreißen, Kleine!"

„Ja, ich weiß ... ich werde alles dafür tun, um uns den richtigen Pfad zu zeigen!"

„Ich erwarte Großes von dir! Du wirst bestimmt irgendwann die Welt retten!"

„Ach komm!"

„Doch!"

Sie lacht und umarmt ihn. Dann schaut sie in seine Augen Sie verliert sich in ihnen und muss an alles denken, was sie zusammen erlebt haben. So wenige Tage, und es kommt ihr vor wie Jahre. Er ist so toll ... Sie schaut zu Schè und den anderen und wird traurig. Sie muss ihn verlassen ... „Hey Dai!" Miol legt ihr zwei Finger unter ihr Kinn und drückt mit sanftem Druck ihren Kopf hoch. Sie fokussiert ihn wieder. „Sei nicht traurig! Dich traurig zu sehen macht alles nur noch schlimmer. Lächle lieber. Lächeln steht dir gut. Wenn du lächelst ... bist du ... so ... schön ..." Er stoppt sich selbst einige Sekunden und lässt sie los. Sie stellt sich auf die Zehenspitzen und umarmt ihn erneut. „Ich werde lächeln, ich verspreche es!" Sie löst sich, lächelt dann und schaut wieder zu Schè und Pëp. Nala und Tão küssen sich. Miol flüstert: „Geh jetzt, kleine Dai! Ich werde hier auf dich warten, ich verspreche es dir!" Sie nickt lächelnd und geht zu ihrem Bruder. Traurig lässt Tão Nala hinter sich zurück. Er setzt seine Maske auf. Ihr ist der Name seiner Kraft eingefallen. Aash. Maskengesichter. Das passt zu ihm. Seine kalte, abweisende Art. Nur bei Nala scheint seine Maske für einen Augenblick zu brechen. Er muss sie sehr lieben ... Schè reicht ihr ihren Rucksack. Sie nimmt ihn und setzt ihn sich auf. Sie alle drehen sich um und gehen. Sie schaut nur noch einmal zurück, um Miol zuzulächeln, wobei sie sieht, dass er Nala im Arm hat. Dann dreht sie sich wieder um. Sie verlassen das Dorf. „Weiß Okus Bescheid?", fragt sie. Schè antwortet: „Natürlich!" Sie nickt stumm und schaut auf den Boden. Pëp und Schè sind auch beste Freunde. Aber sie haben sich. Sie hat nur Miol. Mit ihrem Bruder redet sie zwar auch, aber das ist was anderes. Miol und Schè sind beide gleich alt und sehr sanftmütig. Doch da hören die Gemeinsamkeiten auch schon auf. Miol ist schlank, elegant, grazil. Schè wirkt neben ihm eher klobig, stark, tollpatschig. Seine tägliche harte Arbeit hat ihn muskulös gemacht. Miol hört ihr zu und behandelt sie wie jemand Gleichwertigen. Schè spielt manchmal den großen Bruder und denkt, sie wäre komplett zurückgeblieben. Und allein schon ihre Herkunft. Sie sind Menschen, kommen aus einem armen Dorf mehrere Wochenmärsche gen Süden. Miol ist ein Elf, aus diesem wunderschönen, magischen Dorf stammend. Schè kann man nicht mit Miol vergleichen. Sie dreht sich erneut um. Das Dorf rückt immer weiter in den Hintergrund und macht Bäumen Platz. Unglaublich vielen Bäumen. Sie sieht Tão, der hinter ihnen hertrottet.

„Hey, mach dir keine Sorgen. Nala wartet auf dich. Und bis ihr euch wiederseht, denk einfach an die schönen Erinnerungen der letzten Tage!" Tão sagt nichts, starrt nur auf seine Hände. „Konzentrieren wir uns jetzt auf das Wichtige: Die Drachen." Er nickt langsam. „Danke Dai. Du hast Recht!" Erleichtert nickt Dai. Zwar lässt Tão immer noch keine Emotionen zeigen, aber sie hofft, dass es ihm wenigstens ein wenig besser geht. Die beiden anderen laufen vornweg. Pëp legt den Kopf auf Schès Schultern. „Die beiden sind auch ein Herz und eine Seele!", murmelt

Tão. „Die besten Freunde ... wenn nicht sogar mehr!" Sie lächelt. Tão hebt endlich seinen Blick ganz und schaut dem Horizont entgegen. Dai versucht, durch das dichte Blätterdach die Sonne auszumachen. An einer offenen Stelle sieht sie, dass die Sonne ihren Hochstand schon überschritten hat. Doch trotzdem schaffen sie ein ganzes Stück Weg, bis die Sonne sich dem Horizont nähert. Sie suchen eine schöne Stelle an einer steilen Felswand. So haben sie Deckung von einer Seite. Direkt neben ihnen ist ein kleiner See. Tão und Schè kümmern sich um das Feuer, während Pëp und sie ihr Abendessen vorbereiten. Sie haben nur einmal Rast gemacht während des ganzen Tages. Dabei haben sie nicht sonderlich viel gegessen. Okus hat Schè etwas Essen mitgegeben. Getrocknetes Fleisch, vier Laibe Brot, Äpfel und einen Beutel voller Kräuter. Kräuter, die Dai bis dato noch nie gesehen hat. „Okus meinte, dass das lilafarbene dort Lavendel sei und das da Petersilie!" Dai selber hat noch eine Handvoll vertrockneten Koriander. Außerdem hat Schè an seinem Rucksack einen Topf. „Lass uns Suppe machen!", schlägt sie vor. Pëp sagt: „Gut, kümmere du dich darum. Ich baue unseren Schlafplatz auf!" Dai nickt und löst den Topf von dem Rucksack. Sie geht zu dem See und füllt ihn mit Wasser. Der Topf ist nicht groß, vielleicht zwei Liter passen rein. Dann schleppt sie ihn zum Lager. Die Jungs haben mittlerweile genug Holz für ein schönes Feuerchen gesammelt. Sie schneidet einen Teil des Fleisches in Stücke, dazu zwei Äpfel. Sie hat in der Nähe Heidelbeeren gesehen. Perfekt. Sie nimmt eine Handvoll und schmeißt sie in den Topf. Dann macht sie etwas Petersilie und Lavendel rein. Mittlerweile brennt das Feuer schon. Schè hilft ihr, den Topf halb über das Feuer zu legen. Pëp hat schon die Matratzen ausgebreitet. Tão passt auf das Feuer auf, während die drei anderen die Schlafsäcke ausbreiten. Sie setzen sich wieder zu Tão, genießen die wärmende Nähe des Feuers und reden. Als die Suppe zu blubbern beginnt, holt Pëp einen Laib Brot. Sie reißen sich Stücke des Brotes ab, tunken sie in die Suppe, löffeln mit ihren Löffeln die Suppe, lassen es sich schmecken. Die Suppe hat einen fruchtigen Geschmack und ist, wie Dai findet, eigentlich ziemlich lecker.

Doch trotzdem hat sie nicht sonderlich großen Hunger. Sie muss die ganze Zeit an Miol, an Tali, an Zaï, an alle denken. Sie sind wieder weg, so schnell, wie sie gekommen sind. Wieder unterwegs. Den Tag über laufend, in der Nacht in provisorischen Unterschlupfen schlafend, mit einem Feuer und Nachtwache und sowas. Wie schon die letzten dreieinhalb Wochen mit Schè. Nur dass sie dieses Mal zu viert sind. Tão, der Aash, und Pëp, die Raî, und sie beide. Vier Kinder, allein auf der größten Reise ihres Lebens. Und sie denkt an Suppe. Fleischsuppe mit fruchtiger Note. Etwa ein halber Liter bleibt am Ende übrig. Den heben sie sich fürs Frühstück auf. Erschöpft und müde legt sich Dai hin. Tão und Schè teilen sich den Wachdienst. Schè beginnt die Schicht. Dai schiebt sich in den Schlafsack und kuschelt sich in das flauschige Fell, das in den Schlafsack eingearbeitet wurde. Auf der einen Seite ist Pëp, auf deren anderen der leere Schlafsack von Schè. Sie spürt die Erschöpfung der letzten Wochen, besonders der letzten Tage, tief in sich sitzen. Sie versucht, sich selbst abzulenken. Das alles steigt ihr langsam zu Kopf. Sie muss sich davon entfernen. Die Dinge im Dorf der seltsamen und anmutigen Elfen kann sie auch noch nach ihrer Reise klären. Jetzt heißt es erstmal abwarten, Kraft sparen, laufen. Langsam schließt sie ihre Augen und kuschelt sich in ihren Schlafsack. Pëp neben ihr atmet schon sanft und gleichmäßig ein und aus. Definitiv schläft sie schon. Von Tão hört sie absolut nichts, jedoch hört sie Schès schwere Schritte auf Pëps Seite. Er scheint durch das Gestrüpp zu laufen, sucht er etwas? Hoffentlich fällt er nicht in den See. Doch sie beschließt, sich nicht darum zu kümmern und einfach zu schlafen. Sie hat den Schlaf bitter nötig, nach den letzten Nächten, der Anstrengung und der Wanderung des heutigen Tages.

Den nächsten Tag laufen sie noch ein gutes Stück ohne weitere Vorfälle. Doch sie merkt, dass Schè am Abend etwas still ist. Er sitzt vor sich hin da, obwohl ihn irgendwas bedrückt. Doch auf Dais Fragen antwortet er nicht. Deshalb beschließt sie, ihn einfach in Ruhe zu lassen. Sie sind am Tag zwei Vögeln begegnet, und ehe die beiden sich versehen haben, hatten sie zwei Pfeile im Hals. Schè hat ihnen diese verpasst. Die beiden Flattertiere braten sie am Abend. Doch die vier sind so hungrig, dass sie alles restlos verschlingen. Dai geht früh ins Bett.

Als Dai am nächsten Morgen ihre Augen öffnet, ist es noch leicht dämmerig. Sie entdeckt Tão, welcher auf einem kleinen Stein thront, dahockt und gen Horizont blickt. Sie dreht sich um, doch sie weiß, dass sie eigentlich aufstehen muss. Ihre Muskeln schmerzen. Sie stemmt ihre Hände auf den Boden und drückt sich auf. Sie schiebt ihre Knie unter sich und setzt sich hin. Die angenehme Wärme des Schlafsacks weicht der bitteren Kälte dieses Morgens. Sie reißt ihre Arme in die Luft, lässt sie kreisen, gähnt ausgiebig und steht schließlich auf. Sie trottet zum See, wobei sie fast über Pëp fällt. Langsam kniet sie sich hin, wirft einen Blick zurück auf Tão, welcher sie mittlerweile bemerkt zu haben scheint, denn er klettert von dem Stein und dehnt seine Beine. Sie starrt in ihr Spiegelbild im Wasser. Ihre Haare fliegen ihr unordentlich ins Gesicht. Oh Mann, wo ist ihr Haargummi? Sie sieht es an ihrem Handgelenk. Wie ist es dahin gekommen? Sie schaut wieder auf. Das leuchtende Grün ihrer Augen wird durch die dunkelgrauen Augenringe unterstrichen. Ihre Wangen sind eingefallen, ihre Haut wirkt nicht nur heller als sonst, sondern auch matt und ohne jegliche Struktur. Sie taucht ihre dürren, langen Finger in das kühle Wasser und spritzt sich Wasser ins Gesicht. Sofort fühlt sie sich viel besser. Ein Schluck lässt ihren ganzen Körper zu neuem Leben erwachen. Ihre Haut sieht etwas besser aus und auch ihre Wangen haben normale Form angenommen. Sie legt ihre kühlen, nassen Finger unter ihre Augen auf die Augenringe. Ein leises Seufzen entfährt ihr. Dann stemmt sie sich auf. Tão hat inzwischen das Feuer etwas geschürt. Neues Feuerholz liegt schon da, bereit, den wärmenden Flammen des Feuers zum Opfer zu fallen. Sie schlendert zu ihm. „Na? Wie gehts?" Er brummt etwas von „Müde, Nacht, kalt" und hält seine Hände gegen das Feuer. Sie stellt den Topf auf das Feuer und setzt sich neben ihn. Die Suppe in dem Topf braucht nur einige Minuten, um zu kochen. Tão zieht ihn vom Feuer und bereitet das

Essen vor. Sie beschließt, Pëp und ihren Bruder zu wecken. Sie steht also auf und geht zu ihrem Lager. „Schè?" Sie tippt ihn vorsichtig an. „Schè!" Er hebt ruckartig den Kopf, wobei seine Gelenke laut protestieren. „Was los?", nuschelt er verschlafen. Mittlerweile ist die Sonne schon etwas zu sehen, es ist relativ hell. „Bruder, aufstehen! Neuer Tag! Du weißt schon, unsere Lieblingsbeschäftigung ruft!" Er grummelt leise und lässt sich zurück in seine Luftmatratze fallen. Sie grinst und krabbelt zu Pëp. Diese liegt mit offenen Augen da und starrt in den Himmel. Als sich Dai über sie beugt, zuckt sie leicht zusammen. „Moorgeen!" Pëp brummt: „Dai, warum bist du so motiviert? Es ist morgens!" Dai erwidert: „Wenn du jetzt nicht aufstehst, nerv ich dich so lange, bis du es tust! Ich hab Hunger!" Sie atmet tief durch und nickt dann. Sie setzt sich auf und fährt sich durch ihr braunes Haar. „Du hast Recht, ich hab auch Hunger!" Sie schiebt ihren Schlafsack von sich runter und steht auf. Auch Schè sitzt mittlerweile auf der Matratze und streckt sich. Sie selbst steht auf und geht zu Tão ans Feuer. Mit etwas Abstand zu den Flammen setzt sie sich hin und reibt sich die Hände. Schè und Pëp gesellen sich zu ihnen und alle beginnen zu essen. Als der zweite Laib Brot und die restliche Suppe aufgegessen sind, machen sie sich daran, das Lager abzubauen. Dai setzt ihre Kraft ein und schafft es dieses Mal tatsächlich, das Feuer mit den Wellen zu löschen. Schè säubert den Topf, Pëp verstaut ihren Schlafplatz und Tão packt die restlichen Lebensmittel zusammen. Als sie ihr Lager abgebrochen haben, machen sie sich auf in Richtung Mondstein. Dabei kommen sie gegen Mittag an einen Berg. Sie wagen den Aufstieg. Er ist nicht sehr hoch, doch die erste Etappe ist eine etwa zehn Meter hohe Steilwand, die sie erklimmen müssen. „Das schaffen wir nicht. Lasst uns außen rum gehen!", schlägt Schè vor. „Ausgeschlossen. Zu weit. Das ist ein ganzer Tagesmarsch!", entgegnet Tão und schaut hoch. Pëps Augen hüpfen hin und her, sie scheint zu denken. „Wir könnten es schaffen!", murmelt sie. Sie dreht sich zu ihren Kompagnons. „Und wie?", will Schè wissen. „Na seht doch. Das ist Granit, eine Zusammensetzung aus verschiedenen Stoffen, meist Glimmer, Quarz und anderen Sachen. Es gibt verschiedene Arten, doch hier haben wir es mit …" „Pëp, komm zum Punkt!", unterbricht sie Dai. Pëp murmelt ein „Entschuldigung" und fährt dann fort: „Na ja, jedenfalls ist es sehr massiv und fest. Da drüben ist eine gute Stelle, um hochzukommen. Eine günstige Route sollte sich da leicht finden. Ich würde sagen, der Stärkste klettert vor und lässt oben für die anderen ein Seil runter, okay?" Dai schlägt vor: „Schè, komm, du bist doch prädestiniert dafür!" Schè schüttelt heftig den Kopf. „Da hoch? Niemals! Das ist … ziemlich … hoch …" Er schaut verängstigt nach oben. Dai lacht leise. „Dai, du bist wenig und klein, wie wärs mit dir?", fragt Tão. Sie verteidigt sich: „Aber wie soll ich denn halten? Wenn ihr stürzt, dann stürze ich mit! Nicht mal Pëp würde ich hochkriegen!" Pëp murmelt: „Ein Flaschenzug wäre perfekt … aber den können wir nicht so einfach herstellen … mmh … Dai? Ich hab 'ne Idee!" Dai schaut sie an. „Klettere mal hoch!" Sie schaut die Wand an. „Öhm … na gut …" Unsicher geht sie hinter Pëp zu einem kleinen Vorsprung. Er ist etwa zwei Meter über ihnen. Pëp faltet ihre Hände zusammen und kniet sich hin. Dai versteht und stellt ihren Schuh in Pëps Hände. Diese hebt sie hoch. Dai tastet sich mit ihren Fingern über den Rand. Schè fasst mit an und schiebt sich hoch auf den Vorsprung. „Klettere von dort aus weiter, halte dich etwas nach links. Dort sind, soweit ich das beurteilen kann, gute Stellen zum Abstützen!" Dai nickt unentschlossen und schluckt. Sie stellt ihren Fuß in eine kleine Vertiefung und stößt sich ab. Mit ihren Fingern bekommt sie einen herausragenden Stein zu fassen. Sie zieht sich ein Stück, bis sie wieder mit den Füßen Halt bekommt. Sie sieht einen Ast in Reichweite. Sie löst sich und greift nach dem Ast, welchen sie ganz sicher neben sich sieht. Umso erstaunter ist sie, als sie ins Leere greift. Hat sie sich verspekuliert? Sie verliert das Gleichgewicht. Wie in Zeitlupe rutscht sie nach hinten. Sie rudert in Richtung des Astes, bis sie die raue Rinde zwischen ihren Fingern spürt. Sie klammert sich verzweifelt an den Ast, ihre Füße haben den Halt verloren. Sie sucht nach einer Trittmöglichkeit. Ihr Fuß fasst mehrmals Halt, doch immer wieder schwingt sie zu weit und verliert die Stelle. Ihre Hände rutschen langsam ab, ein Stück Rinde reißt ihre Handfläche auf. Sie sucht panisch die Felswand ab, bis sie einen kleinen Vorsprung sieht. Sie schwingt leicht in die Richtung. Ihre Hände brennen vor Schmerz, doch sie beißt auf ihre Lippe und schwingt weiter, bis sie mit dem Fuß den Vorsprung erreicht. Beim ersten Mal rutscht sie zurück. Der Ast rutscht ihr immer weiter aus den Händen. Tränen schießen in ihre Augen. Jetzt muss es klappen. Sonst wird sie stürzen. Noch im Schwung verliert sie den Ast aus ihren Händen und fliegt auf den Vorsprung, schlägt sich das Kinn an, wobei sie sich ihre Zähne in die Lippen schlägt, rutscht ein Stück vom Vorsprung, bis sie sich fängt und festhält. Ihre Beine baumeln zwar in der Gegend rum und ihre Lippen bluten stark, doch sie lebt. Stückt für Stück arbeitet sie sich vor, wobei sie mit ihren Beinen immer wieder nach Halt sucht. Als sie endlich auf dem Vorsprung ist, hört sie von unten Applaus. Sie atmet tief durch und lächelt. Erst jetzt realisiert sie die Schmerzen in ihren Händen und ihrer Unterlippe. Sie leckt über die blutende Stelle und hofft, dass sie nicht an Blutverlust stirbt, während sie sich nach weiteren Möglichkeiten hochzukommen umsieht. Sie hat etwa die Hälfte geschafft. Von unten tönt ein „Du schaffst das" von Pëp. Sie legt ihre blutenden Hände auf eine kleine Ausbeulung und mit der anderen greift sie nach einer Einkerbung. So zieht sie sich tatsächlich bis ganz hoch. Sie schnallt ihren Rucksack ab und schnauft. Von unten schreit Pep: „Dai! Such nach einem großen, schweren Stein! Am besten nach mehreren!" Sie nickt und schaut sich um. Eine kleine Plattform. Ein kleiner Pfad führt zum Gipfel. Sie beschließt, den Weg ein Stück entlangzulaufen. „Ich komme gleich!", ruft sie ihren Freunden zu. Sie läuft den Weg ein Stück entlang, bis sie einen großen Findling findet. Sie versucht, ihn hochzuheben. Doch er ist verdammt schwer. Doch da der Weg etwas schräg ist, rollt sie ihn langsam runter. Sie hofft, der Stein ist schwer genug, um die anderen zu tragen. Sie kramt ihr Seil und ein paar Karabiner hervor. Zuerst befestigt sie den Findling. Dann schlägt sie einen Hering in den Boden als eine Art Umlenkrolle. Es war doch gut, dass sie ein wenig in

Physik aufgepasst hat. Sie knotet das freie Seilende um einen Karabiner und schmeißt ihn runter. Die drei streiten sich scheinbar, wer hoch muss, bis Tão seinen Rucksack abschnallt und sich den Karabiner an seinem Gürtel befestigt. Er nickt hoch. Sie legt das Seil um den Hering und lässt den Stein an der anderen Seite runter. Kräftig zieht sie Tão hoch. Alles klappt ziemlich gut. Zusammen schaffen sie es dann, zuerst Pëp, dann die Rucksäcke und schließlich Schè hochzuholen. Zuerst ist es schwierig, Schè zu überzeugen, doch schließlich willigt er ein und lässt sich hochziehen. Als alles oben ist, machen sie eine kurze Pause. Jeder trinkt etwas, Dai wäscht ihre Wunden weg und sie beschließen, sich das Mittagessen für den Gipfel aufzuheben. Sie folgen dem Weg und keine zehn Minuten später stehen sie auf dem Felsvorsprung, der vom Gipfel wie eine Nase abragt. Die Aussicht ist atemberaubend. Von hier oben sieht man den Mondstein. Er sieht näher aus als gedacht. Pëp rechnet aus, dass es ungefähr noch vier Tagesmärsche sind, wenn sie sich wirklich ranhalten. Sie setzen sich hin. Jeder kriegt 1/6 Brot, ein Stück Fleisch, einen halben Apfel und etwas Wasser. Nachdem sie gegessen und noch einige Minuten die Aussicht genossen haben, müssen sie weiter. Die Sonne hat schon längst ihren Höhepunkt überschritten und sie haben nur noch wenige Stunden zu laufen. Trotzdem sind alle stolz, sich so einen Umweg gespart zu haben. Ein schräger Hang führt runter. Halb rutschend, halb rennend schlittern sie so den Berg runter. „Okay, ihr habt gehört, nur noch eine halbe Woche, wenn wir uns beeilen. Also lasst uns beeilen!", drängt Schè. Sie laufen weiter. Nur drei Stunden später sehen sie eine kleine, übersichtliche Höhle. Auch wenn sie noch locker eine halbe Stunde laufen könnten, beschließen sie, nach diesem anstrengenden Tag hier ihr Lager für die Nacht zu errichten. Wer weiß, wann sie das nächste Mal so eine gute Stelle finden. Eine kleine Barriere und sie sind vor Eindringlingen geschützt, zumindest hält es sie so lange auf, dass alle aufstehen und ihre Waffen zücken können. Schè und Pëp tüfteln am Eingang, Tão ist im Wald, um Holz zu holen, und Dai macht Abendessen. Sie nimmt die letzte Hälfte Brot und den Rest des Fleisches heraus, schneidet das Brot in vier gleichgroße Stücke, schneidet diese in der Mitte auf und legt das Fleisch zusammen mit ein paar Beeren, ein bisschen Salat, welchen sie auf dem Weg gefunden haben, und Petersilie auf die untere Hälfte. Sie deckt alles mit der oberen Hälfte ab und legt alles zusammen. Dann nimmt sie alle Flaschen zusammen und sucht in der Nähe nach Wasser, welches sie etwa 50 Meter von der Höhle entfernt findet. Sie füllt die Flaschen auf und läuft zurück. Tão hat schon ein kleines Feuer gelegt und zündet es gerade an, Schè und Pëp haben einige Steine aufgetrieben, mit denen sie den Eingang blockieren. Mit ein paar größeren Ästen stabilisieren sie das Konstrukt. Als die Höhle einigermaßen gesichert ist, setzen sich alle zusammen um das Feuer. Jeder nimmt eines der „Brote" und isst es. „Mann, Dai, das schmeckt echt gut. Du müsstest echt Köchin werden!", lobt sie Pëp mit vollem Mund. Dai grinst und isst hastig das Brot. Der heutige Tag hat sehr an ihren Kräften gezehrt. Sie ist froh, so eine tolle Stelle zum Schlafen gefunden zu haben. Das Essen fällt zwar sehr mager aus, jedoch schmeckt es allen und sie ziehen neue Kraft aus der leckeren Mahlzeit. Als sie aufgegessen haben und die Mahlzeit mit etwas Wasser runtergespült haben, holen sie ihre Luftmatratzen und Schlafsäcke, mummeln sich ein und erzählen sich Geschichten. Geschichten von früher. Sogar Tão erzählt etwas. Es ist das erste Mal, dass Tão ganze Sätze aneinanderreiht. Er erzählt, er komme aus einem Fischerdorf im Südosten, Hammlan. Seine Familie war ziemlich arm, sie haben sich kaum über Wasser halten können. Nicht viel, doch sie merkt, dass Tão ihnen langsam mehr vertraut. Sie hat gehört, dass Aash sehr introvertiert sind und nur wenige Leute an sich ranlassen. Sie haben wenige Freunde. Dai überlegt, wie viele Freunde sie hat. Wenn sie Schè außen vor lässt, hat sie noch Pëp, Miol und ... Dai reibt sich den Kopf. Wen noch? In ihrem Heimatdorf hatte sie schon ein paar Freundinnen. Doch diese hat sie schon seit mehr als vier Jahren nicht mehr gesehen. Seit mehr als vier Jahren hat sie mit keinem geredet außer mit Meister Ipo, ihrem Bruder, sich selbst. Erst jetzt wird ihr bewusst, wie gut es tut, mit anderen Leuten zu reden. Wie sehr hat sie das vermisst ...

Irgendwann muss Dai wohl eingeschlafen sein, denn als sie aufwacht, ist es schon morgens. Durch ein kleines Loch in der Mauer sieht sie die Sonne strahlen. Noch niemand ist wach. Sie streckt sich ausgiebig, gähnt und rappelt sich dann auf. Sie macht einen Schritt über ihre Freunde und schlurft dann zu der Barrikade. Sie entfernt die Äste, stößt die Steine um. Dann klettert sie aus der Höhle. Der Morgen ist kühl, aber klar. Sie läuft ein paar Minuten hin und her, genießt diesen taufrischen Morgen, ehe sie wieder reingeht. Mittlerweile sitzen Tão und Schè schon da und wachen auf. Schè reibt seinen Kopf. Er brummt etwas Unverständliches und steht schließlich auf. Tão starrt ins Leere. Dai geht zu Schè, welcher müde vor der Glut des Feuers zusammenbricht. Sie fragt: „Alles okay?" Er nickt. „Nur müde ... und diese schrecklichen Kopfschmerzen ..." Dai überlegt. „Ich hab gestern Abend ein wenig Mädesüß gesehen. Warte, ich mache dir einen Tee gegen die Kopfschmerzen!" Dai verschwindet nach draußen und sucht die Pflanze. Sie hat als kleines Mädchen oft vor der Apotheke gespielt und die Apothekerin hat ihr manchmal erlaubt, ihr bei der Zubereitung der Tees zuzugucken oder sogar zu helfen. Deshalb weiß sie einiges über Heilpflanzen. Wie war das noch gleich? Eine Handvoll Mädesüß mit heißem Wasser aufgießen, kurz ziehen lassen und dann trinken. Sie beschließt, gleich ein bisschen mehr mitzunehmen und trocknen zu lassen. Dann kann sie ihm unterwegs noch mehr Tee machen. Sie nimmt ein paar Hände voller Blüten in ihrem Kräutertäschchen mit und läuft zurück. Schè sitzt zusammengesunken auf dem Boden. Er sieht weder stark noch mutig aus. Fast schon tut er ihr leid. Sie macht ein paar Blätter zusammen mit Lavendel in den kleinen Wasserbeutel und wärmt ihn mit ihren Händen. Tão und Pëp, welche mittlerweile auch aufgewacht ist, packen schon mal zusammen. Sie konzentriert sich, sammelt ihre Kräfte und fokussiert sie auf einen Punkt. Vorsichtig balanciert sie den Punkt zu dem Lederbeutel. Sie spürt, dass der Beutel immer wärmer wird. Kurz bevor er kocht, hört sie auf. Sie stellt den Beutel hin. „Schè?" Ihr Bruder schaut auf. „Warte noch ein paar Minuten. Nach dem Tee wird es dir definitiv besser gehen!" Er nickt und rappelt sich schwerfällig auf. Dai schneidet das letzte Brot an. Sie müssen unbedingt jagen gehen. „Leider haben wir nur noch Brot, zwei Äpfel und eine Handvoll Beeren …", sagt sie und schneidet die Äpfel zurecht. Als alles soweit zusammengepackt ist, essen sie ihr spärliches Frühstück. Schè kauert mit seinem Tee in der Ecke und weigert sich vehement, etwas zu essen. Pëp zwingt ihm ein Stück Apfel auf, mehr verweigert er. Zumindest trinkt er seinen Tee. Danach werden laut ihm zumindest die Kopfschmerzen besser. Als sie die letzten Reste ihres Nahrungsvorrates vernichtet haben, brechen sie auf. Tão bietet an, Schès Rucksack zu tragen, doch er knurrt ihn nur an, er könne sich um seine Angelegenheiten selber kümmern. Dai schüttelt nur den Kopf. Ihr Bruder ist stur, das muss man ihm lassen.

Die vier laufen knapp zwei Stunden, bevor Dai eine Pause vorschlägt und die anderen sie annehmen, eher Schè als sich zuliebe. Dai ist eigentlich diejenige, die am schlimmsten unter dem Laufen leidet, doch Schè sieht echt nicht gut aus. Dai macht ihm einen weiteren Tee, dann gehen die drei jagen. Dai sammelt sich Steine und klettert auf einen Baum, um einen besseren Überblick zu haben. Innerhalb von einer halben Stunde fängt sie einen einzelnen Hasen und sie findet auf ihrem Baum außerdem ein paar Eier. Definitiv ein guter Fang. Sie bringt die Eier und den Hasen zurück zu Schè. Pëp ist schon da. Neben ihrem Bogen liegt ein Vogel. Schè ist blass und keucht, doch er wehrt Pëps Versuche, seine Temperatur zu messen, ab und ruft, ihm würde es gut gehen. Dai lacht innerlich. So kennt sie Schè. Stur und unverbesserlich. Sie schaut in den Wald und hofft, Tão kommt bald. Sie sind schon ziemlich spät aufgestanden. Mit Schè am Bein kommen sie heute wohl nicht so weit. Sie muss sich was einfallen lassen, denn wie lange wird es dauern, bis Schè nicht mal laufen kann? Glücklicherweise werden ihre Gedankengänge von Tão unterbrochen, der durch das Gebüsch bricht. Er hat zwar nichts gefangen, aber dafür Ingwer dabei. Schè murmelt: „Och nein, jetzt hat er auch noch dieses scharfe Zeug angeschleppt!" Dai kichert und sagt: „Tão, du bist ein Schatz. Ingwer ist perfekt! Zusammen mit der restlichen Petersilie wirst du ein bisschen was essen, das füllt deine Energie wieder auf und hilft gegen Infektionen! Du fieberst schon ein wenig, oder?" Er zuckt schwach mit den Schultern und rollt den Kopf zur Seite. Pëp legt ihre Hand auf seine Stirn. „Oh ja, er hat Fieber. Dai, wir können unmöglich weitergehen! Guck ihn dir doch mal an!" Dai nickt. „Du hast Recht. Aber andersrum können wir hier auch nicht bleiben. Wir brauchen ein wenig Schutz. Wir müssen zurück zu der Höhle!" Tão erwidert: „Ausgeschlossen. Mit dem Häufchen Elend schaffen wir nicht mal zwei Meter. Außerdem sind wir jetzt zwei Stunden gelaufen. Dann würden wir den halben Tag verschwenden, um wieder zurückzulaufen!" Sie nickt. Tatsächlich müssen sie hierbleiben. Dai seufzt und nimmt Tão eine der Wurzeln ab. Sie schneidet zwei Scheiben ab. Eine halbiert sie, legt den letzten vertrockneten Rest Petersilie drauf und gibt es Pëp. „Du hast die besten Chancen, ihn zum Essen zu bewegen. Ich überleg mir etwas für ihn! Es wird schon alles gut werden!" Pëp nickt. Dai überlegt. Fieber und Kopfschmerzen. Könnte eine Grippe sein. Sie weiß, dass es, falls es wirklich eine Grippe ist, schlecht um ihren Bruder steht. Je nachdem, wie stark die Viren in seinen Körper eindringen, wird er vielleicht sterben. Sie sinkt verzweifelt zu Boden. Tão sagt: „Ich mache ein Feuer und brate das Fleisch. Du scheinst Ahnung von dem Zeug zu haben. Such du nach Pflanzen, um ihn wieder auf die Beine zu bringen. Vielleicht findest du etwas, wo wir mehr Schutz haben!" Sie nickt. Langsam steht sie auf, nimmt ihr Messer und macht sich auf den Weg. Sie hofft, Thymian oder Kamille oder so zu finden. Kamille hat sie schon öfter auf Lichtungen gesehen. Doch Thymian hat sie noch nicht gefunden. Tatsächlich findet sie die holzige Pflanze nur wenige Minuten später an einem kleinen See. Sie füllt ihren Beutel mit Wasser auf und sammelt ein paar Blätter. Dann sucht sie Kamille. Nachdem sie auch diese erfolgreich verstaut hat, läuft sie zurück. Sie schmeißt alles zusammen in den Lederbeutel und erwärmt ihn am Feuer. Pëp hat ihm wohl das Ingwerstück angedreht, denn sie hat schon einen Beutel Wasser in der Hand. „Pëp, ich habe eine kleine Idee!" Sie schaut Dai an. Diese erklärt: „Früher hab ich ein wenig von einer Apothekerin gelernt.

Wir waren bei einem Patienten zuhause. Er hatte schreckliches Fieber. Da haben wir ein paar Tücher nass gemacht und um seine Waden und Füße gewickelt. Danach haben wir ihn komplett in warme Decken gewickelt und jede halbe Stunde die Wadenwickel gewechselt. Nach zwei Stunden hat er dann geschlafen. Am nächsten Tag ging es ihm tatsächlich besser. Einen Versuch wäre es wert, oder?" Pëp ist die Verzweiflung ins Gesicht geschrieben. Sie schaut zu dem keuchenden Schè und nickt. „Am besten nimmst du irgendwelche Stoffshirts, die Handtücher wickelst du dann darüber. Und dann rein in seinen Schlafsack. Ich mache gerade Kamillentee mit Thymian, der Thymian wirkt gegen die Entzündung, die Kamille beruhigt ihn, vielleicht kann er ein wenig schlafen. Spätestens morgen wird er wieder fitter sein!" Pëp nickt. Dai gibt ihr ein paar Shirts von ihm, dazu eine Flasche Wasser. Während Pëp seine Beine mit den Wickeln präpariert, bereitet sie seinen Schlafsack vor. Sie beschließt, den Schlafsack offen zu lassen, damit er nicht überhitzt. Dann gibt sie ihm den Tee. Tão hat mittlerweile etwas Fleisch vorbereitet. Die Eier hat er auch gekocht. Pëp beginnt wie ein Artilleriefeuer auf Schè einzureden, er solle noch etwas essen. Dai geht zu Tão. „Hey, wir brauchen noch etwas Wasser. Kommst du mit Flaschen auffüllen?" Sie hört Schè heiser rufen: „Ich hab doch schon deinen blöden Ingwer gegessen, hör auf, ich hab keinen Hunger!" Beide zanken sich wie kleine Kinder. Tão nickt. „Lassen wir die beiden sich austoben." Also packen sie sämtliche Beutel und gehen zu dem See, den Dai gefunden hat. Auf dem Weg finden sie ein paar Nüsse und Himbeeren. Sie füllen alles auf und laufen wieder zurück. „Echt scheiße gelaufen, was? Ich meine das mit deinem Bruder …", murmelt Tão auf dem Weg plötzlich. Dai nickt. „Er würde es nie zugeben, aber es geht ihm echt scheiße. Verdammt, ich habe Menschen an den gleichen Dingen sterben sehen. Und da gab es eine erfahrene Apothekerin, welche gut dosierte Medikamente hergestellt hat und sie den Patienten verabreicht hat. Wir haben ja kaum mehr als ein paar Pflanzen in heißem Wasser. Wer weiß, wie sich die Krankheit entwickeln wird. Fieber … damit ist nicht zu spaßen …" Dai ist froh, ihre

Gedanken los zu sein. Tão scheint nicht der Typ zu sein, der ein großes Drama um sowas macht. Er nickt einfach nur, wortlos. Vielleicht ist es auch besser so. Die beiden brauchen länger als gedacht. Als sie im Lager eintreffen, schläft Schè bereits, Pëp hängt die nassen Shirts auf. „Ich habe seine Wickel gewechselt. Außerdem hat er den Tee ganz getrunken und ein kleines bisschen von einem der Eier gegessen. Den Rest hab ich gegessen. Ich hoffe, das war nicht schlimm …" Dai erwidert: „Du musst auch bei Kräften bleiben! Wir haben noch Himbeeren, falls er wach wird und Hunger hat. Außerdem Nüsse zum Rösten. Wir sollten jetzt erstmal essen. Dann kümmern wir uns um ein größeres Problem. Die Nacht …"

Gegen Mittag – sie haben ein ausgiebiges Mittagessen bestehend aus ein paar Nüssen, etwas Vogelfleisch und zwei der verbliebenen drei Eier – wacht Schè aus einem fiebrigen Alptraum auf. Sein Fieber ist nicht wirklich gesunken, stattdessen sind seine Waden total kalt. Sie beschließen, die Wickel abzulassen. Schè kriegt noch einen starken Kamillentee und schläft ein wenig. Dai legt sich erschöpft hin. Sie zieht die Kette mit den Mohnsamen heraus. Falls sie Hilfe braucht, so meinte es Ambèth, solle sie einen nehmen. Sie schließt sie Augen, zählt bis drei, öffnet sie wieder und nimmt einen Samen raus. Sorgfältig achtet sie darauf, nur einen zu nehmen, und schluckt ihn runter. Zuerst spürt sie kaum Wirkung, doch nach einigen Minuten wird sie zunehmend schläfrig. Sie legt sich hin und schläft tatsächlich ein.

Sie steht auf einer Lichtung, ähnlich wie in ihrer letzten Vision, doch diesmal ist dort nicht ihr rostbrauner Drache, sondern fünf Gestalten, welche sich um ein kleines Feuer mit einem Topf versammelt haben. Sie riecht Lavendel und Pilze. Sie läuft auf die Gestalten zu. Diese scheinen sie aber schon bemerkt zu haben. Ein alter Mann mit einem langen weißen Bart, einem braunen Mantel und einer Zipfelmütze, die ihm tief ins Gesicht hängt, lächelt sie an und sagt: „Hallo Dai! Schön, dass du da bist! Setzt dich doch hin!" Sie nickt und setzt sich vorsichtig vor das Feuer. Eine Frau, die sie ein wenig an Ambèth erinnert, rührt in dem Topf herum. „Ich glaub, der Eintopf ist gut!" Sie nimmt einige hölzerne Schälchen und füllt in jedes eine Kelle Eintopf. Die erste Portion reicht sie Dai. Dann gibt sie eine Schale an den Mann weiter, eine an eine andere Frau, und an einen Mann, scheinbar den jüngsten der fünf, schließlich nimmt sie sich selbst eine. Sie bemerkt, dass ein wenig abseits eine Gestalt sitzt, welche sie nicht definieren kann. Sie trägt einen grauen Mantel, dessen Mütze so tief sitzt, dass man sein Gesicht nicht sieht. Seine blassen, knochigen Hände umklammern einen alten, hölzernen Stab. Dai fragt sich, warum er keine Schüssel bekommt. Sie betrachtet ihren Eintopf. Es sieht köstlich aus. Pilze in einer braunen Soße, zusammen mit Kartoffeln und Karotten. Sie sieht, dass alle mit dem Essen beginnen, weshalb sie auch einen Bissen probiert. Jetzt schmeckt sie auch den Lavendel. Sie schaut die Leute an. Sie hat den Traum doch nicht nur, um zu essen …

„Keine Sorge, Dai. Wir wissen, wie schlecht es um deinen Bruder steht. Du hast Angst, stimmts?" Die Frau, welche sie so an Ambëth erinnert, schaut sie freundlich an. Doch trotzdem sieht sie das ernste Funkeln in ihren Augen. „Ja, das habe ich!", bestätigt Dai mit zitternder Stimme. Sie starrt in den Eintopf. „Iss, mein Kind, dann wird es dir besser gehen!" Während sie isst, erhebt der junge Mann seine Stimme. „Also, diese Jugend von heute. Schon bei so kleinen Problemen müssen wir wieder ans Werk." Sie schaut auf. „Lan, siehst du nicht, wie fertig sie ist?" Die Frau neben Lan schaut diesen vernichtend an. „Entschuldige das unsittliche Verhalten meines Mannes, er ist manchmal … na ja …", wendet sie sich dann an Dai. Dai lächelt. Dann erlischt ihr Lächeln und sie fragt: „Gibt es denn Hoffnung für Schè?" Der ältere Mann runzelt die Stirn und starrt in die Flammen. Dai folgt seinem Blick. Die Flammen lodern wild, langsam zeigen sie ein klares Bild eines Wolfes. Ein Wolf? Was zum Teufel hat das zu bedeuten? Sie schaut auf. „Was das zu bedeuten hat? Nach was sieht es denn aus?" Lan verdreht die Augen. „Lan!", donnert die Frau, die Ambëth ähnlich sieht. „Jetzt reicht es!" Er murmelt: „Tut mir leid, Tebahm …" Diese lächelt sanft. „Dai, dein Bruder hat nur eine einzige Chance …" Einige Sekunden schaut sie an Dai vorbei, dann fährt sie fort: „Sie ist eine Lupa. Sie weiß, wie man Schè helfen kann!" Dai fragt: „Lupa? Was ist das? Und wo finde ich sie?" Die Frau von Lan erklärt: „Lupa sind Anführer von einem Wolfsrudel. Sie besitzen magische Fähigkeiten und Kenntnisse. Sie ist eure einzige Rettung ..." Sie nickt. Ihre Gedanken wandern zu ihrem Bruder. Was, wenn sie das nicht schafft? Wenn sie versagt. Sie hat ihn schließlich schon einmal in Lebensgefahr gebracht. Dank den Göttern, dass er damals überlebt hat. Aber diesmal? Eine Stimme unterbricht ihre wirren Gedanken. „Dai, du darfst nicht an dir selbst zweifeln. Du musst klare Gedanken fassen und auf dich selbst vertrauen!" Sie schaut auf. Tebahm hat mittlerweile ein kleines Fläschchen mit einer grünlich schimmernden Flüssigkeit rausgeholt. „Was ist das?", fragt Dai und mustert skeptisch die Flasche, welche ihr die alte Frau hinhält. „So schön deine Gesellschaft auch ist, du musst dich beeilen! Trink das und du wirst in deiner Welt aufwachen!" Ein tiefes Stöhnen lässt sie aufschrecken. „Beeil dich, Dai. Wir versuchen, Noa so lange wie möglich hinzuhalten!" Noch bevor sie sich fragen kann, wer oder was Noa ist, drückt ihr Tebahm die Flasche in die Hand. Sie schraubt den Deckel auf. Ein beißender Geruch steigt ihr in die Nase. Sie setzt das Glas an ihre Lippen und trinkt es in einem Schluck auf. Das Gebräu brennt ihr den Rachen weg. Alles dreht sich um sie, schwarze Fetzen tanzen vor ihren Augen. Der Wald, die fünf Gestalten um das Feuer verschwinden, und stattdessen taucht ihr kleines Lager auf. Sie rappelt sich auf und keucht. Etwas verwirrt greift sie nach ihrem Wasserbeutel und versucht, den üblen Nachgeschmack in ihrem Mund loszuwerden. Sie schaut sich um und entdeckt Schè in seinem Schlafsack. Doch von Pëp und Tão fehlt jede Spur. Sie steht auf, wobei sie sich einige Sekunden an einem Ast festhalten muss, da ihr schwindelig wird. Dann läuft sie zu Schè. „Bruder?" Sie kniet sich neben ihn. Er ist blass und wirkt so zerbrechlich. Sie sagt nichts, schaut ihn nur an. „Hast du Pëp und Tão gesehen?" Er schüttelt kaum merklich den Kopf. Plötzlich überkommt sie eine Welle der Tränen. Wie er daliegt. Mehr tot als lebendig. Sie schluchzt leise und steht auf. „Tut mir leid,

Schè …", murmelt sie und geht weg. Beeil dich, Dai. Wir versuchen, Noa so lang wie möglich hinzuhalten … Entschlossen wischt sie sich die Tränen weg. Keine Zeit zu trauern. Sie muss ihn retten. Sie muss die Lupa finden. Sie muss einfach. Einige Minuten läuft sie umher, bis sie merkt, dass es keinen Sinn macht. Wenn doch nur Pëp und Tão hier wären. Dann könnte sie sich auch weiter vom Lager entfernen. Doch so muss sie wohl oder übel zurück. Doch gerade als sie sich umdreht, hört sie einen Schrei, der wie ein Pfeil durch ihren Kopf dringt. Sie dreht sich instinktiv zurück. Er kommt aus der Richtung, in die sie die ganze Zeit gelaufen ist. Soll sie nachgucken? Der Schrei klang menschlich. Vielleicht Tão? Aber dazu war die Stimme zu hell. Doch egal ob er es war oder nicht: Die Person braucht ihre Hilfe. Sie will losrennen, zögert aber. Was ist mit Schè? Sie schluckt. Ein weiterer Schrei, diesmal verzweifelter, fast schon hoffnungslos. Er ist sehr zerrissen, dennoch versteht Dai, dass es ein Hilfeschrei war. Sie rennt los. Nur wenige Sekunden später hört sie Kampfgeräusche. Zuerst weiß sie nicht, wo sie ist, doch eine kleine Eule fliegt ihr vor die Füße. Als sie merkt, dass sie Dais Aufmerksamkeit genießt, hüpft sie davon. Dai folgt ihr und tatsächlich werden die Geräusche lauter. Sie bricht durch das Gebüsch und sieht einen Jungen, vielleicht so alt wie sie selbst, welcher auf dem Boden liegt und mit zwei Beißern kämpft. Um sie herum sind noch etwa zwei Dutzend weitere. Zuerst bemerken sie Dai nicht, doch dann lassen ein paar von ihnen von dem Jungen ab und stürzen sich auf Dai. Sie zückt ihre Schleuder, doch die Beißer sind zu schnell. Sie nimmt ihr Messer und hält sich einen fern, welcher einen Vorstoß wagt und auf sie zuspringt. Ein weiterer springt in ihren Rücken, was sie leicht aus der Balance bringt. Sie dreht sich um und spürt sein Gewicht von ihrem Rücken fallen. Blitzschnell dreht sie sich um und sticht auf das Tier ein. Sie verwundet es an der Schulter, doch trotzdem verbeißt es sich in ihrem Ärmel. Sie nutzt dies und schleudert den Beißer gegen ein paar seiner Artgenossen, die auf sie zukommen. Das Tier schleudert zur Seite und bleibt einige Sekunden liegen. Sie nimmt sich einen weiteren Beißer vor und erwischt ihn am

Nacken. Sie zieht ihr Messer aus dem Fleisch ihres Gegners und dreht sich um, um der Sprungattacke eines Beißers entgegenzuwirken. Sie sticht zu und dreht sich um, hört den schweren Körper nur zu Boden fallen und nicht wieder aufstehen. Nachdem sie noch ein paar weitere Beißer ins Jenseits befördert hat, hat sie genug Zeit, um ihre Schleuder einzusetzen. Sie beobachtet grade, wie der Junge sein Schwert in den Körper eines besonders großen Beißers stößt. Normale Beißer sind etwa 40 Zentimeter lang, doch dieser ist mindestens doppelt so groß. Leider ist der Junge nicht stark genug, um das Schwert aus dem Toten zu ziehen. Ein Beißer droht ihn anzuspringen. Dai legt einen Stein in die Schleuder und zielt, viel zu hektisch, auf den Nacken des Tieres, trifft es leider nur etwas unterhalb der Schulter. Trotzdem ist die Wucht groß genug, um es davon abzuhalten, sich auf den Jungen zu stürzen, welcher immer noch mit dem Schwert kämpft. Der Beißer, welcher von ihr getroffen wurde, dreht sich zu ihr um. Sie legt noch einen Stein ein und trifft seinen Kopf. Eine große Wunde klafft über seinem grimmigen Auge. Doch selbst das scheint ihn nicht davon abzuhalten, sich ihr zu nähern. Während sie versucht, ihn mit ihrem Messer zu treffen, wird sie auf den Boden geschmissen. Mittlerweile ist die ganze Lichtung voller Beißer. Sie spürt einen tiefen Schmerz in ihrem Arm und ihr entweicht ein grauenvoller Schrei. Wie Feuer verbreitet sich der Biss durch ihren ganzen Körper, sie fühlt sich wie gelähmt. Der Beißer, der sie umgeworfen hat, springt auf sie. Gehässig blickt er sie an, scheint den Augenblick des Triumphes zu genießen. Sie nutzt die paar Sekunden, um ihr Messer, welches direkt neben ihr liegt, zu greifen. Der Beißer bemerkt dies und startet einen Angriff. Sie kann ihm gerade das Messer zwischen die Augen rammen. Die Wucht spaltet seinen mächtigen Schädel, Blut spritzt in ihr Gesicht. Sie schreit erneut auf, als sie ihr Messer erneut in den gespalteten Schädel rammt und sein Gehirn trifft. Als sie es rauszieht, ergießt sich ein weiterer Schwall Blut über ihr, sie bekommt Gehirnfetzten ins Gesicht. Sie schiebt den gewaltigen Körper von sich, doch ehe sie sich aufrappeln kann, spürt sie einen weiteren Biss in ihrer

Wade. Sie setzt sich auf und schreit, blindlings sticht sie auf ihren Gegner ein. Dabei trifft sie auch ihr eigenes Bein. Ein weiterer Beißer springt in ihren Rücken. Sie weiß, dass es keinen Sinn ergibt, zu kämpfen. Sie springt auf die Füße und sucht in dem Gewühl nach dem Jungen, wobei sie fast wieder zu Boden gerissen wird. Sie entdeckt seine Arme, mit denen er verzweifelt versucht, einen Beißer von sich zu schieben, der sein Gesicht zerkratzt. Sie rennt zu ihm, tritt dabei auf einen Beißer, welchen das nur wütender zu machen scheint. Er verbeißt sich in ihrem Bein. Sie versucht, den Schmerz zu ignorieren, und kämpft sich zu ihrem Mitstreiter durch. Sollte sie ihn nicht lieber hierlassen? So kann sie die Aufmerksamkeit der Tiere auf ihn lenken. Doch andersrum ... sie kann ihn nicht einfach hierlassen. Beißer meiden Wasser! Das hat ihnen Ipo schon früh beigebracht. Wenn sie zu einem Bach kommen würden, könnte sie ihre Macht nutzen, um eine Wassermauer oder sowas zu bauen. Sie greift eine seiner Hände und zieht wie verrückt dran, erschrickt, als sie auf keine Gegenwehr stößt. Sie bekommt seinen Kragen zu fassen und zieht ihn hoch. Zum Glück ist er nicht sonderlich schwer, sodass sie ihn hochheben kann. Zwar kommt sie so nur schleppend voran und das Gewicht macht sie zu einer einfachen Beute, doch sie spürt leichte Zuckungen in ihm. Er lebt. Sie rennt los, stolpert dabei des Öfteren. Die ersten Meter glaubt sie noch, dass sie es vielleicht sogar rechtzeitig zu dem Sumpf in der Nähe des Lagers packen, doch dann spürt sie vor sich einen großen Widerstand. Sie versucht, ihr Gleichgewicht zu verlagern, doch das Gewicht des Jungen reißt sie zu Boden, zumal ihr mindestens drei Beißer in den Rücken springen, während sie fällt. Zumindest schafft sie es, sich so abzurollen, dass weder sie noch er großartig davon verletzt werden. Doch als sie vier Beißer auf sich sieht, die nach ihr schnappen wollen, weiß sie, dass es keine Rolle spielt. Sie wird sterben. Denn immer mehr Beißer klettern auf sie und den Jungen. Sie strampelt und schreit, sucht nach ihrem Messer, welches sie in dem Getümmel verloren hat, doch es sind zu viele.

PART 4

POV DAI

Doch gerade, als sie sich mit dem Gedanken zu sterben abfindet, werden die Beißer von ihr gezogen. Eine Kreatur, welche sich als Wolf entpuppt, steht über ihr und knurrt. Doch er knurrt nicht sie an, sondern die Beißer, welche sie erneut angreifen. Der Wolf erledigt ein paar von ihnen. Dai nutzt die gewonnene Zeit, um aufzustehen und ihr Messer zu suchen. Jetzt kann sie auch die anderen Wölfe sehen, welche sich bittere Gefechte mit den Beißern liefern. Doch obwohl die Beißer deutlich in der Überzahl sind, sieht man, dass die Wölfe deutlich im Vorteil sind. Dai greift sich ihr Messer und befördert ein paar Beißer ins Jenseits. Schnell entscheidet sich die Schlacht zu Gunsten der Wölfe. Die Beißer ziehen sich zurück. Dai lehnt sich an einen Baum und atmet tief durch. Sie betrachtet ein paar Beißerleichen vor sich. Ihr graues bis schwarzes Fell ist verfilzt, sie haben einen kleinen Kopf mit einer länglichen Schnauze, einen nackten, langen Schwanz und vier Pfoten mit langen, schwarzen Krallen. Plötzlich sieht sie einen Schatten. Sie schaut erschrocken auf. Ein junges Mädchen taucht vor ihr auf. Es hat grasgrüne Augen und zwei braune Zöpfe, die vom Haaransatz nach hinten geflochten sind und ihm über die Schultern nach hinten hängen. Sein Gesicht ist kantig und schmal. Alles in allem wirkt es zwar mager, aber trotzdem ziemlich kräftig. Sein Blick ruht auf Dai wie ein nasses Tuch. Das Mädchen hebt die Augenbrauen, als würde es fragen, was Dai hier zu suchen hat. Dai sieht die Hand des Mädchens sich ein paar Zentimeter heben und dann schnipsen. Langsam trotten die Wölfe zu ihm und bilden einen Halbkreis. Es sind ungefähr zehn Stück. Sofort fühlt sich Dai etwas eingeschüchtert. So viele Wölfe. Nur ein Wort, vermutlich nicht mal das, und diese Bestien stürzten sich auf sie. Doch sie haben ihr geholfen. Ihr Blick gleitet zu zwei Wölfen, welche den Jungen stützen. Warum sollten sie sich die Mühe machen und sie retten, wenn sie sie sowieso töten wollen würden?

„Wer bist du?" Seine Stimme ist etwas nervös und sehr schnell, aber keineswegs aggressiv oder provozierend. Dai antwortet ruhig: „Ich bin Dai!" Das Mädchen senkt seinen Kopf einige Zentimeter. Die Wölfe tun es ihm gleich. Sie muss zugeben, das Mädchen muss ziemlich jung sein, und trotzdem scheinen die Wölfe ihm vollkommen untergeben zu sein. Eine anmutige Führerin. „Wer ist dein Freund?" Dai zuckt die Schultern. „Ich habe ihn vorher noch nie gesehen. Ich wollte ihm helfen und bin dadurch in den Kampf geraten ..." Das Mädchen nickt nachdenklich. Dann dreht es sich zur Seite. „Wölfe, folgt mir!", ruft es und marschiert davon. Dai starrt ihm verwirrt hinterher. Die beiden Wölfe legen den Jungen ab und folgen dem Rudel. Dai ruft: „Hey, warte doch!" Sie rennt ihm ein Stück hinterher. „Hey ... wer bist du überhaupt?" Das Mädchen dreht sich um. „Ich? Ich bin nur eine Lupa, die mit ihrem Rudel um den Mondstein zieht, Tag um Tag, und verirrten Kindern der Götter hilft – manchmal ..." Dai stellt sich vor sie. „Eine Lupa? Prima! Ich suche eine Lupa. Eine, die sehr weise ist und sich gut mit Kräutern auskennt! Außerdem musst du mir mit dem Jungen helfen!" Die Lupa mustert sie einige Sekunden. „Helfen?", fragt sie schließlich. Dai nickt heftig. Die Lupa wirft einen Blick auf den Jungen. Dann knirscht sie mit den Zähnen. „Na gut. Nehmt den Jungen mit. Und du ... erzähl mir mehr, womit ich dir helfen kann ..."

Nachdem Dai ihr alles erzählt hat, führt sie sie auf die Lichtung, auf der Schë immer noch liegt. Pëp kniet neben ihm und beobachtet seinen Schlaf. Tão sitzt neben dem Feuer und wetzt seine Klinge. Als die Lupa mit ihren Wölfen und dem fremden Jungen auf die Lichtung tritt, schauen alle zu ihr. Dai räuspert sich. „Ähm, das ist meine Gruppe. Da hinten liegt mein Bruder ..." Sie deutet auf Schës zusammengesunkene Gestalt. „Wer ist das, Dai?", fragt Pëp verwirrt und auch ein wenig abschätzend. „Das? Das ist ..." Dai fällt auf, dass sie nicht mal den Namen des Mädchens kennt. Dieses sagt schnell: „Ich bin Yonae. Ich bin eine Lupa. Der Junge da benötigt also meine Hilfe, mmh?" Dai nickt und läuft zu ihm. Yonae folgt ihr. Einen bedeutenden Blick wirft sie zu ihrem Rudel, welches sich setzt und das Geschehen aufmerksam beobachtet. Dai kniet sich neben Schè. „Hey, Bruder ... das ist Yonae. Sie wird dir helfen ..." Sie wirft ihr einen hoffnungsvollen Blick zu. „... Hoffentlich!" Ihr wird bewusst, wie dumm das alles ist. Warum sollte sie ihr helfen? Sie hat ihr das Leben gerettet. Das allein war schon unglaublich freundlich. Aber nun auch noch ihren Bruder retten ... Dai versucht, sich einzureden, sie würde es nicht tun. Denn wenn sie es wirklich nicht tun würde, wäre sie wenigstens nicht enttäuscht. Doch Yonae kniet sich vor ihn und schaut ihn an. „Hey ... bist du wach?" Schè nickt. Sie wendet sich an Pëp. „Was sind seine Symptome?" Pëp antwortet: „Hohes Fieber, Appetitlosigkeit, Schwäche und Schmerzen ..." Yonae legt ihre Hand an seine Stirn. „Okay, sein Fieber ist ziemlich hoch. Wenn es nicht bald sinkt, wird er höchstwahrscheinlich sterben. Ich hätte etwas, was ihm die Schmerzen nimmt und das Fieber senkt. Doch dafür müssten wir zu unserem Lager reisen ..." Sie starrt in den Himmel. Mittlerweile ist die Sonne fast untergegangen. „Das schaffen wir nicht vor Einbruch der Dunkelheit. Wir müssen hierbleiben und hoffen, dass er die Nacht durchsteht. Wie sieht es vorratstechnisch bei euch aus?" Dai ist erstaunt, dass sie so tatkräftig ist. Sofort schickt sie Tão, Pëp, Dai und zwei ihrer Wölfe auf die Jagd. Sie selbst kümmert sich um Schè. Einerseits widerstrebt es ihr, ihren Bruder ganz allein in der Obhut eines fremden Mädchens zu lassen, welches anscheinend ein Wolfsrudel anführt. Pëps Blick beinhaltet genau die gleichen Bedenken. Doch was soll sie sonst tun? Dieses Mädchen ist vielleicht ihre einzige Chance. Tão dagegen scheint das Mädchen interessant zu finden. „Wo hast du sie getroffen, Dai?" Dai erzählt ihnen von dem Traum, den alten Leuten, deren Rat, Yonae zu suchen, und schließlich von ihrem Versuch, den Jungen zu retten. Währenddessen jagen sie zu fünft. Die Wölfe sind erstaunlich gute Jäger. Leise, schnell, tödlich. Am Ende kommen sie mit zwei großen Vögeln, vier Eichhörnchen, drei Hasen und sogar einem Fuchs wieder. Es ist zwar nicht die Welt, wenn man die zehn hungrigen Wölfe bedenkt, aber für ein kleines Festmahl sollte es reichen.

Dai schaut zu dem Jungen. Yonae versorgt seine Wunden. Als sie sie bemerkt, winkt sie sie zu sich. Dai geht zu ihnen. Sie setzt sich im Schneidersitz neben die beiden und krempelt ihre Ärmel hoch. Während die Lupa ihre Wunden versorgt, beschließt Dai, endlich den Jungen auszufragen. „Wie heißt du?", fragt sie ihn. „Ich bin Iou. Ich bin auf dem Weg zum Mondstein, aber wurde dann von diesen Kreaturen angegriffen. Danke, dass du mir helfen wolltest. Ohne dich wäre wohl selbst Yonae zu spät gekommen …" Dai erwidert: „Hey. Kein Problem. Ich bin Dai und das sind meine Gefährten. Wir wollen ebenfalls zum Mondstein …" Iou lächelt und schaut dann zu Yonae, welche aus etwas Stoff einen Verband um Dais Arm gemacht hat und nun aufsteht. „Ich helfe euren Freunden mal, Essen vorzubereiten …" Dann geht sie wortlos. Dai schaut sich um. Tatsächlich machen Pêp und Tão Essen. Sie haben das restliche Fleisch, zwei Eichhörnchen und einen der Hasen geröstet und dazu die restlichen Beeren und Nüsse serviert. Auf der Lichtung liegen kleinere Gruppen von Wölfen verstreut, die sich die restliche Beute teilen. Die größte Gruppe hat sich um den Fuchs versammelt. Zwischen ihnen setzt sich Yonae hin, murmelt etwas vor sich hin und reißt sich Stücke Fleisch aus dem Tier und isst sie roh. Dai hat bis jetzt noch nie rohes Fleisch gegessen. Ihre Mutter meinte immer, dass rohes Fleisch giftig sein kann, aber Yonae wirkt ziemlich munter. Dai schaut wieder zu Iou. Obwohl er ziemlich schwer verwundet ist, scheint es ihm relativ gut zu gehen. Sie fragt: „Hast du Hunger? Ich stelle dich am besten meinen Freunden vor!" Er nickt und beide begeben sich zu den anderen. Die sitzen um das Feuer und reden ausgelassen. Sogar Schè scheint schon kräftig genug zu sein, um wieder seine typischen Sprüche zu reißen. Pêp muss ihn von dem Baum hierhingeschleift haben. Dai ist froh, dass es ihm wieder besser geht. Doch trotzdem ist er nach nicht mal einer halben Stunde wieder ziemlich fertig. Obwohl Pêp ihn vom Feuer wegzieht und seinen Schlafsack öffnet, stehen ihm die Schweißperlen auf der Stirn. Dai beißt nervös von ihrem Fleisch ab. Auch wenn er nicht mehr so schlimm wie vorhin aussieht, ohne Yonaes Medikamente wird er nicht lange überleben.

Die fünf vertilgen fast das komplette Fleisch plus die Beeren und die gerösteten Nüsse. Außerdem schneidet Pëp noch etwas Ingwer für Schè. Er lässt sich zu zwei Stücken überreden, den Rest teilen sich die anderen vier auf. Yonae lässt sich den ganzen Abend nicht blicken. Langsam spürt Dai die Müdigkeit in sich aufkommen. Sie legt sich hin. Im Schutz der großen, mächtigen Wölfe fühlt sich Dai sicher. Langsam senken sich Erschöpfung und Müdigkeit über sie und sie gleitet in einen tiefen, traumlosen Schlaf.

Am nächsten Morgen, es ist schon relativ spät und alle anderen sind schon wach, wird Dai vom Duft des restlichen Fleisches geweckt. Sie schlägt die Augen auf und steckt die Nase in die Luft. Sie hört Schè von irgendwoher lachen. „Dai, Dai, Dai … sie könnte tot sein, doch sobald sie Essen riecht, ist sie ganz vorn mit dabei!" Ein Grinsen macht sich auf ihrem Gesicht breit und sie reckt ihre Arme hoch. Dann streckt sie ihren Rücken durch und setzt sich auf. „Morgen Dai! Gut geschlafen?", fragt Pëp und reicht ihr den Rest Eichhörnchen. Ein mageres Frühstück, aber immerhin. Sie schlingt das Fleisch hungrig runter und leckt sich die Lippen. Yonae kommt zu ihnen. „Morgen, Kinder der Götter. Ich hoffe, ihr habt gut geschlafen. Ihr solltet schnell zusammenpacken. Wir werden direkt zu unserem Lager aufbrechen. Es ist etwa drei Stunden von hier entfernt. Und je eher wir Schè helfen, desto besser stehen seine Chancen!" Dai nickt und beginnt direkt, ihre Schlafmatte und den Schlafsack zusammenzufalten. Nicht mal eine Stunde später ist alles eingepackt. Schè macht gute Miene zum bösen Spiel, als er aufsteht und sich an einem Stamm abstützt. Für einen Moment steht er wackelig da, dann bricht er wieder zusammen und übergibt sich. Er bleibt zitternd sitzen, während Pëp zu ihm rennt. „Schè, alles gut?" Er scheint starke Schmerzen zu haben. Dai schluckt und blickt zu Yonae. Die murmelt etwas vor sich hin, bis sie zu ihm geht. Sie bereitet ihm einen Tee zu. Dann dreht sie sich zu Dai und den beiden Jungen. „Geht mit den anderen Wölfen vor. Wir kommen gleich nach!" Für einen Augenblick zögert Dai, doch dann nickt sie und wendet sich an die Wölfe. Yonae scheint eine stumme Diskussion mit einem der Wölfe zu führen, einem starken Männchen, welches sie alle mit Leichtigkeit töten könnte. Selbst wenn sie sich wehren würden. Es sieht aus wie ein Alpha. Oder zumindest ein Beta. Doch in der Hierarchie scheinen nicht nur Größe und Stärke eine Rolle zu spielen. Yonae wendet sich von dem Wolf ab. Dieser beginnt ein lautes, markerschütterndes Geheul. Ein paar der anderen stimmen mit ein. Dann laufen sie los. Die drei Menschen folgen ihnen.

Obwohl Yonae drei Stunden sagte, brauchen sie mindestens fünf. Vielleicht liegt es an den Pausen, die sie machen mussten. Die Wölfe haben ein irrsinniges Tempo. Dai und ihre Gefährten kommen kaum mit. Außerdem ist das Gelände uneben und sehr dicht bewachsen. Sie mussten des Öfteren Umwege machen. Yonae scheint sowas gewohnt zu sein. Lange Strecken zu laufen, hügeliges Gelände zu durchqueren.

Doch trotz all der Anstrengung sind sie endlich am Lager angekommen. Dai legt dankbar ihr Gepäck ab. Auch die anderen sind sichtlich erleichtert. Sofort meldet sich Dais Bauch. Zwar hatten sie gestern eine ausgiebige Mahlzeit, aber heute fiel das Frühstück gering aus. Dai hört ihren Magen grummeln. Sie fängt den Blick eines Wolfes auf. „Dürfen … dürfen wir jagen gehen?" Der Wolf starrt sie einfach nur an. Sie nimmt das als ja. Also dreht sie sich zu Tão. „Wollen wir etwas jagen gehen? Ich hab Kohldampf. Außerdem werden sich die anderen über etwas Essen nicht beklagen!" Tão nickt zustimmend. Dai legt sich ihre Schleuder bereit, als ein Wolf zu ihnen stößt. Kommt er mit ihnen? Dankbar nickt Dai. Also ziehen sie zu dritt los. Der Wolf führt sie zu einer kleinen Flussbiegung. Das Flussbett scheint jedoch zum Teil ausgetrocknet. Der Fluss ist eher ein kleiner Bach. Trotzdem schwimmen dort dicke fette Fische. Dai hat noch nie Fisch gegessen, ehrlich gesagt hat sie nie daran gedacht, welche zu essen. Zumal sie die glitschige Haut als eher ekelhaft empfunden hat. Doch der Wolf watet einfach ins Wasser und wartet. Die beiden schauen sich an, dann den Wolf. Dieser konzentriert sich auf einen Fisch, welcher sich von der Strömung treiben lässt. Der Wolf macht eine schlagende Bewegung und befördert den Fisch aufs Trockene. Dai geht zu ihm. Er ist relativ groß. Ungefähr so wie ihr Unterarm. Sie stupst ihn probehalber an. Der Fisch windet sich einige Sekunden, bis er regungslos liegen bleibt. Dai schaut zu dem Wolf, welcher weiter Ausschau hält. „Tão, lassen wir den Wolf mal Fische fangen. Suchen wir nach anderen Tieren zum Jagen!", schlägt Dai vor. Tão stimmt ihr mit einem weiteren zweifelnden Blick zu dem Wolf zu. Sie machen sich auf in den tiefer gelegenen Wald. Dazu rutschen sie einige kleinere Abhänge hinunter. Dann betreten sie den Wald. Schon bald erspäht Dai einen großen Raubvogel. Ipo hat ihnen erklärt, dass es Vögel gibt, die kleinere Tiere oder sogar andere Vögel töten und fressen. Das ist wohl einer von ihnen. Dai legt einen Stein in ihre Schleuder. Tão spannt seinen Bogen. Beide sehen sich kurz an, dann schießen sie gleichzeitig auf den Vogel. Der Stein lähmt ihn, der Pfeil trifft einen Flügel. Der Vogel wird aufgeschreckt, doch der verletzte Flügel lässt ihn eine Bruchlandung in einem Gebüsch machen. Dai und Tão rennen zu ihm. Doch der Raubvogel wehrt sich heftig gegen die beiden und verpasst Dai einen saftigen Kratzer knapp über dem Auge. Gemeinsam schaffen sie es, seine Kehle zu durchtrennen und seinem Leben so ein Ende zu setzen. Während Tão ihn an seinem Gürtel befestigt, fragt Dai: „Ist es nicht lustig? Einen Vogel tötet man ohne Skrupel. Aber wenn man jemanden umbringen muss, der menschlich ist, dann hat man Gewissensbisse ..." Tão murmelt: „Alles eine Sache der Ansicht ..." Er knotet ein Seil und zieht es fest. Dann marschiert er los. Unzufrieden folgt ihm Dai. „Aber wenn ein Mensch stirbt, dann trauern wir um ihn. Doch die Tiere essen wir einfach. Ist das nicht ... respektlos?" Ohne sich umzudrehen antwortet er: „Wir essen sie, um zu überleben. So ist das eben, Dai ..." Doch die erwidert, während sie Mühe hat, dem Tempo des großen Tão zu folgen: „Aber warum essen wir dann keine Menschen?" Ruckartig dreht er sich um. „Weil wir es eben nicht tun. Und jetzt sei gefälligst leise, sonst verscheuchst du die Tiere aus dem gesamten Wald!" Dai schaut ihn entgeistert an. Er dreht sich wieder nach vorn und läuft weiter.

Einige Sekunden überlegt Dai, doch dann folgt sie ihm. Es ist besser, nicht weiter nachzufragen. Wer weiß, wann seine Maske platzt und er sie anschreit. Sie betrachtet den Raubvogel, welcher an dem Gürtel ihres Gefährten baumelt. Er hat große, mächtige Krallen. Damit greift er wohl seine Beute und schleppt sie weg. Große, kräftige Flügel deuten darauf hin, dass diese Vögel weit fliegen können. Vielleicht wohnt er gar nicht im Wald? Hier ist es zumindest sehr eng und für den Vogel sehr schwer zu fliegen. Sie müssten nur etwa zwei Tagesmärsche vom Mondstein entfernt sein. Vielleicht wohnt er da? Aber warum ist er dann hier?

Ihre Gedanken werden unterbrochen, als sie auf dem harten Boden aufprallt. Sie ist wohl an einer Wurzel oder so hängengeblieben. Tão scheint darauf wenig Rücksicht zu nehmen, denn er läuft einfach weiter. Schnell rappelt sich Dai auf, tastet ihr Gesicht ab und spürt, neben den kleinen Kratzern von dem Kampf gestern und der Wunde, welche die mächtigen Krallen des Raubvogels in ihrem Gesicht hinterlassen haben, nur eine Schramme an ihrer Wange. Sie läuft hinter Tão her. Als sie ihn eingeholt hat, hört sie ein komisches Geräusch. Es klingt wie ein Eichhörnchen. Sie lauscht und verlangsamt ihren Schritt. Auch Tão wird hellhörig. Sie legt ihre Schleuder an und wartet. Das Eichhörnchen bricht durch die Büsche. Es ist groß und fett. Dai wirft den Stein und trifft. Tão spannt schnell den Bogen, doch als er loslässt, ist Dai über dem Tier. Er schafft es gerade so, den Bogen runterzuziehen. Der Pfeil fliegt wenige Meter hinter ihr in den Boden. Die Spitze hat sich mehrere Zentimeter in die weiche Erde gebohrt. Während Dai das Eichhörnchen erledigt, nimmt sich Tão seinen Pfeil. „Komm Dai, wir gehen wieder zurück ..."
Dai ist dankbar für seinen Vorschlag. Der Stress von gestern, die kurze Nacht, das schmächtige Frühstück, der lange Marsch und die ständige Sorge zehren sehr an Dais Kräften. Doch die Jagd hat ihr den letzten Tropfen Energie entzogen. Erschöpft laufen die beiden zurück zum Lager. Yonae sitzt bereits an einem kleinen Feuer, wobei Dai bezweifelt, dass sie es selber gemacht hat. Dai bezweifelt, dass sie überhaupt weiß, wie man Feuer macht. Geschweige denn, ob sie das überhaupt benötigt. Wenn ihr kalt

ist, kuschelt sie sich in das warme, weiche Fell von einem ihrer Wölfe. „Dai? Tão! Endlich seid ihr zurück. Ich bin so froh!" Pëp umarmt zuerst Dai, dann zögert sie kurz vor Tão, dann lächelt sie nur kurz respektvoll und dreht sich zu Yonae. Neben ihr liegt Schè. Dai rennt zu ihrem Bruder. Sie erkennt, dass die Anführerin des Wolfsrudels ein paar undefinierbare Kräuter zusammenmischt. Dai versucht herauszufinden, was sie da zusammenmischt. Sie beschließt, Yonae bei Gelegenheit zu fragen. Doch zuerst muss sie sich um Schè kümmern. Sie kniet sich zu ihm. „Bruder?" Er schaut auf. „Hey Dai!" Ein schwaches Lächeln breitet sich auf seinem Gesicht aus und lässt all die Schmerzen für einen kurzen Moment verschwinden. „Bald wird alles besser, Großer!" Er nickt und fährt ihr über die Wange. Die Bewegung scheint ihn viel Kraft zu kosten, doch er lächelt trotzdem und antwortet: „Ganz bestimmt. Ich hab gehört, du und Tão waren jagen?" Dai nickt und hält das Eichhörnchen hoch. „Tão hat noch einen Vogel, den wir getötet haben. Er ist riesig und hat so große Schwingen. Außerdem hat er Krallen. Meinst du, dass ist einer der Raubvögel, von denen Ipo immer geredet hat?" „Könnte schon sein ...", meint Schè und schielt zu Tão, welcher sich daranmacht, den Vogel auszunehmen. Dai sagt zu Schè: „Ich geh mal besser zu ihm. Wenn das Essen fertig ist, guck ich nochmal nach dir und dann kannst du den Raubvogel probieren, okay?" Er nickt. Dai steht auf und läuft zu Tão. Sie lässt sich neben ihn fallen und holt das Eichhörnchen hervor. Tão zupft dem Vogel gerade die Federn. „Tão? Wie soll ich die Haut von dem Tier abziehen?" Sie sieht ein leichtes Lächeln auf seinem Gesicht. „Hast du noch nie ein Tier gehäutet und ausgenommen?" Er zieht die Federn des ersten Flügels ab, während er ihr erklärt, was sie tun muss. Sie entfernt die Haut, blutet das Tier aus und entfernt dann die Eingeweide. Als Letztes trennt sie das Fleisch von den unbrauchbaren Teilen des Tieres, wie Knochen und Knorpel, Füße und Kopf. Sie braten einen Teil des Fleisches. Den Rest legen sie für die Wölfe hin. Unterdessen ist der Wolf, welcher mit ihnen jagen gegangen ist, zurückgekehrt. Er hat ein Dutzend Fische im Maul. Die anderen Wölfe scharen sich um ihn und beginnen, den Fisch zu verspeisen. Während Dai das Rudel beobachtet, kümmern sich Pëp und Tão um das Essen. Iou setzt sich zu ihr. „Hey. Alles gut?" Sie schaut zu ihm. „Klar. Bei dir?" Er nickt stumm. Sein Blick fixiert das große Männchen. „Warum sind die Wölfe nur so angespannt? Das Männchen wird noch einen Streit vom Zaun brechen ..." Und tatsächlich knurrt es einen Jungwolf, welcher sich dem Haufen Fische nähern will, an. Schließlich steht es auf, nimmt sich einen der Fische und geht weg. „Das junge Männchen wird zu einer Gefahr für ihn. Er und sein Sohn sind die einzigen Männchen des Rudels. Er ist der ‚Alpha', wobei ich denke, dass Yonae nochmal höher steht als er. Der Jungwolf scheint entweder von einem anderen Männchen zu sein oder von seinem eigenen Sohn. Ich fürchte, langsam wird der junge Wolf das Rudel verlassen müssen, wenn er sich nicht mit dem Alpha anlegen will ..." Dai schaut ihn erstaunt an. „Woher weißt du so viel über Wölfe?" Iou lächelt bescheiden. „Ich bin ein Amia. Ich verstehe die Tiere. Ich kann mich mit ihnen unterhalten und sie verstehen ..." Beeindruckt fragt Dai: „Ich hab gehört, dass jeder Amia ein Schutztier hat. Welches ist deins?" Er lächelt. „Meine Schutztiere sind Eulen ..." Er lächelt. Dai hakt weiter nach: „Was sagt so ein Schutztier über dich aus?" Er erklärt: „Sie spiegeln meine Identität wieder und unterstützen mich in schweren Zeiten. Manchmal kommen sie, wenn ich in einer Situation feststecke. Ich habe sogar eine beste Freundin, doch sie ist schon seit längerem weg. Vielleicht kommt sie ja eines Tages wieder. Ich hoffe es sehr. Jedenfalls sind sie, wie bereits erwähnt, ein Spiegel meiner selbst und spiegeln meine Weisheit und mein gutes Bauchgefühl wieder. Und wenn ich feststecke, helfen sie mir, positiv zu sehen und das ‚Licht am Ende des Tunnels' zu finden – so zumindest erklärte es mir mein Meister. Und sie haben mir bis jetzt noch jedes Mal geholfen ..." Sie erinnert sich an die Eule, als er mit den Beißern gekämpft hat. Ja, sie haben ihm das Leben gerettet. Doch bevor Dai weiterfragen kann, ruft Pëp sie zum Essen. Die beiden stehen auf und gehen zu Pëp. Sie und Tão haben das Fleisch und ein paar Pilze über dem Feuer geröstet und zusammen mit

Blaubeeren angerichtet. Dai leckt sich über die Lippen. Doch zuerst nimmt sie zwei große Blätter und legt je etwas von dem Fleisch, einen Pilz und ein paar Beeren darauf. Dann bringt sie die Beiden Blätter zu Schè und Yonae. Dankbar nickt Yonae und probiert etwas. „Schmeckt sehr lecker. Danke, Dai!" Dai lächelt und geht wieder zurück. Dort isst sie selber etwas von dem Festschmaus. „Für heute Abend und morgen Früh ist auf jeden Fall noch genug da!", meint Pëp und reibt sich den vollen Bauch. Auch Dai ist satt. Dieses Gefühl hat sie seit gefühlten Ewigkeiten nicht mehr gehabt, genauer gesagt seit dem Dorf. Bei der Erinnerung an Miol wird ihr ganz schlecht. Sie vermisst ihn ziemlich. Schnell schiebt sie diese Gedanken weg. Es gibt jetzt Wichtigeres als Miol. Tatsächlich geht die Sonne fast unter. Sie beschließt, nochmal zu Schè zu gehen. Pëp begleitet sie dieses Mal. „Hey Yonae. Wie geht es ihm?" Empört ruft Schè: „Ich kann auch für mich selber reden!" Dai kichert. Der alte Stolz glimmt in seinen Augen auf. Ein gutes Zeichen. „Er hat ein paar Medikamente bekommen und auch brav etwas gegessen. Ihm wird es bald besser gehen. Doch vorsichtshalber sollte er noch ein paar Tage hierbleiben. Wenn ihr wollt, könnt auch ihr bleiben. Ihr könnt mit den Wölfen jagen gehen. Dabei könnt ihr ein wenig meinen Vorrat an Medizin aufstocken, während ich mich um euren Freund kümmere. Außerdem könnt ihr gut kochen. Auch wenn man es mir manchmal nicht glauben kann, ich schätze gute Küche sehr ..." Dai lächelt. „Wir werden dich bekochen, solange du Schè hilfst. Wir danken dir sehr, Yonae ..." Diese lächelt freundlich und beugt sich wieder über ihre Arbeit. „Was machst du da?" Dai kann ihre Neugier nicht mehr bändigen und kniet sich zu ihr. Die Lupa mustert sie kurz, dann deutet sie auf eine Kräutermischung. Sie erkennt Mädesüß und etwas, das wie Pfefferminz aussieht. „Ich hab etwas Mädesüß, Pfefferminz und Weidenrinde zusammengemischt. Das ist genug für sechs Tees. Drei pro Tag sollten seine Schmerzen verschwinden lassen. Außerdem werde ich bei Gelegenheit einen meiner Wölfe mit euch losschicken, um Holunder zu suchen. Daraus kann ich guten Saft machen, der dazu auch noch lecker schmeckt. Und etwas Flüssigkeit schadet seinem

Körper nicht. Vor allem, da er den Tee direkt wieder ausschwitzt. Thymian ist schweißtreibend. Du scheinst dich für Heilpflanzen zu interessieren, wie es scheint …" Dai nickt eifrig. Yonae lächelt. „Wenn du willst, zeig ich dir ein paar Rezepte, dann kannst du in Zukunft allein Fieber und Erkältungen kurieren!" Begeistert nickt Dai. Pëp wirft ein: „Ich lasse euch mal allein und gehe mit Schè zu den anderen. Okay?" Dai nickt und setzt sich hin. Yonae erklärt ihr ein bisschen was über die Pflanzen, die sie in den Tee reintut. „Nimm ein bisschen mit und brüh ihm einen Tee auf. Schlaft am besten gleich. Der Tag war anstrengend für euch und morgen werdet ihr früh mit den Wölfen aufbrechen. Ich möchte, dass ihr mir etwas ganz Besonderes bringt. Doch dazu morgen mehr. Geh jetzt erstmal!" Dai steht auf. Yonae drückt ihr eine Handvoll von der Kräutermischung in die Hand. Den Rest packt sie in einen Lederbeutel. Dai geht zu ihrer Gruppe. Mittlerweile sind auch ein paar Wölfe am Feuer. Dai kocht den Tee für Schè und setzt sich zu ihnen. Während sie etwas essen, reden sie. Irgendwann gesellt sich für ein paar Minuten sogar Yonae zu ihnen, dann geht sie und schlendert zu dem Alpha. Sie streifen zusammen um das Lager. Der Abend wird spät, die Freunde wollen schon ihre Schlafsachen auspacken, um am Feuer zu schlafen, da stellen sich zwei Wölfe in ihren Weg. Zuerst will Dai unbeirrt fortfahren, da packt ihr Bruder ihren Arm. Seine Hand ist zwar immer noch warm, wärmer als sie sein sollte, aber trotzdem scheint sein Fieber tatsächlich gesunken zu sein. Und er steht wieder, halbwegs sicher, auf den Beinen. Wie lange bleibt fraglich, aber das ist ein gutes Zeichen, beschließt Dai. Die Wölfe laufen an ihnen vorbei, etwa 100 Meter zu einem Felsen. In dem sind einige Höhlen. Es scheint, als würden sie in den Berg hineingelassen werden. Doch da ist sich Dai nicht ganz sicher. Die Höhlen sind über den ganzen Felsen verteilt, um in die obersten zu kommen, muss man mehrere Meter den relativ steilen Felsen hochlaufen. Die beiden Wölfe springen geschickt zu einem der höchsten Eingänge und schauen auf die fünf hinunter. Unschlüssig klettert Tão ihnen nach. Dai folgt ihm. Der Aufstieg gestaltet sich nicht sehr schwierig, doch trotzdem müssen Pëp und Iou

Schè stützen, damit er nicht fällt. Dai betritt die Aushöhlung. Sie ist nicht sehr groß, die fünf müssen schon dicht zusammenrücken, um überhaupt Platz darin zu finden. Mit Gepäck wird es fast unmöglich, hier zu schlafen. Doch dann spürt sie, wie ihr jemand den Rucksack vom Rücken zieht. Sie dreht sich um. Tão hält ihren Rucksack in der Hand. „Deponieren wir sie in einer der benachbarten Höhlen. Dann haben wir mehr Platz!" Dai nickt, holt schnell ihren Schlafsack heraus und legt ihn in die hinterste Ecke. Schè geht zu ihr. Alle legen sich erschöpft hin. Dai kuschelt sich an Schè, und ausnahmsweise findet sie es ganz praktisch, dass er Fieber hat, denn seine Wärme lässt sie schnell in die Welt der Träume rutschen.

Am nächsten Tag erinnert sie sich kaum mehr an ihren Traum. Nur irgendwas mit Beißern, die in einer großen Kiste auf Rädern gefahren sind. Über sich selber innerlich lachend schleicht sie sich aus der Höhle, in der ihre Gefährten noch friedlich schlafen. Sie fühlt sich wieder wie mit sieben, als sie sich hin und wieder nachts aus den Armen ihres Bruders gezwängt hat und in die Küche geschlichen ist. Von dort hat sie sich in den Garten geschlichen, ist leise zu einem kleinen Teich gegangen und hat die Nacht genossen. Das ist meistens passiert, wenn ihre Male gekratzt, gekitzelt, gebrannt haben. Sobald sie sich dann an den Teich gesetzt und ihren Körper mit Wasser übergossen hat, war alles wieder gut. Nicht selten ist sie einfach in das Wasser eingetaucht, hat stundenlang unter Wasser gesessen und einfach die Stille genossen. Morgens ist sie dann aus dem Wasser geklettert, vollkommen trocken, und ins Haus gegangen. Wenn sie es nicht will, dann wird sie nicht nass.

Dais Gedanken fallen zurück ins Hier und Jetzt, als sie den Ausgang erreicht. Sie steigt aus der Höhle und beschließt, zum Fluss zu gehen. Sie rutscht vorsichtig den Berg hinunter. Auf dem Weg zum Fluss reißt die Haut unter ihren Füßen an kleinen Steinen und Pflanzen auf. Doch sobald sie ihre wunden Füße in das kühle, klare Wasser des Flusses hält, verschwinden die Wunden und hinterlassen ein kühles Gefühl. Etwa 20 Meter von ihr entfernt steht ein Reh. Wenn Dai jetzt ihre Waffe dabeihätte, könnte sie das Tier ohne Probleme töten. Dann hätten sie ein gutes Frühstück. Doch stattdessen schauen sich die beiden einfach nur an. Das Reh scheint zuerst misstrauisch zu sein, doch schließlich wendet es sich wieder dem Wasser zu. Dai beobachtet es einige Minuten, wie es trinkt und sie aus dem Augenwinkel anguckt. Stumm machen die beiden ihr Ding, immer ein Auge auf den jeweils anderen. Dai lässt immer wieder kleine Fontänen aus dem Wasser emporsteigen. Nach etwa einer halben Stunde verschwindet das kleine Reh. Auch Dai macht sich auf, um zum Lager zurückzukehren. Sie schlendert über die kleine Ebene bis zu dem Berg und dem Plateau davor. Mittlerweile ist auch schon der Großteil der Wölfe wach. Pëp und Tão sitzen bereits an einem kleinen, bescheidenen Feuer und reden. Als sie Dai bemerken, winken sie diese zu sich. „Hey Dai! Wo warst du?" Dai sagt: „Am Fluss. Er ist wirklich schön …" Tão nickt. Er scheint in Gedanken ganz woanders zu sein. Vielleicht bei Nala? Pëp scheint etwas eingefallen zu sein, was sie unbedingt erledigen muss, denn sie steht auf und läuft zurück zu den Höhlen. Tão betrachtet Dai eingehend. „Was ist genau passiert, als du mit den Göttern geredet hast?", fragt Tão schließlich. Dai fragt sich, warum ihn die ganze Sache so interessiert. „Na ja …" Sie erzählt ihm alles haargenau. Tão hört ihr fasziniert zu. „Und hattest du danach wieder Träume?" Dai schüttelt den Kopf. Tãos Kopf arbeitet. Doch er sagt nichts, schaut nachdenklich in die Flammen. Sie spürt, wie sich jemand neben sie setzt. „Iou!" Sie lächelt. Die drei, oder eher Dai und Iou, reden ein wenig. Doch plötzlich hört sie Yonaes Stimme hinter sich. „Hey ihr drei!" Dai fährt herum. „Holt die beiden anderen. Lasst uns gemeinsam frühstücken. Danach möchte ich, dass ihr eine wichtige Bitte für mich ausführt!!" Dai nickt. Dann sagt sie: „Ich hole Pëp und Schè. Tão, hol du das Essen von gestern!" Tão nickt und Dai läuft schnell zu ihrer Höhle. Dort kann sie dann ganz in Ruhe Schuhe anziehen. Ihre Füße schmerzen von dem harten Boden und den kleinen Steinchen auf ihm. Als sie in die Höhle kommt, sieht sie Schè und Pëp nebeneinander liegen und sich innig küssen. Als sie

Dai bemerken, setzt sich Schè mit hochrotem Kopf auf. „Mann Dai, schleich dich doch nicht immer so an …" Dai grinst breit. „Ihr beide seid so süß!" sie zieht sich ihre Schuhe an. Pëps Haare sind total durcheinander. Sie macht sich einen Zopf und wirft Schè einen Blick zu. Dai lächelt. Sie wünscht sich nichts sehnlicher, als ihren Bruder mit Pëp zusammen zu sehen. Nichts, außer Miol. Ein wenig überrascht über ihre plötzliche Sehnsucht nach Miol steht sie wieder auf. Sie stellt sich vor, Miol würde sie so küssen. Was würde sie dann tun? Doch bevor sie darüber nachdenken kann, spürt sie, wie Schè sie aus der Höhle zieht. Zusammen gehen sie zum Feuer.

Das Essen gibt den Freunden Kraft. Dai fühlt sich bereit, für Yonae Sachen zu sammeln. „Also, ich möchte, dass ihr mir eine bestimmte Sache bringt. Ich brauche Honig. Und ihr müsst ihn mir besorgen!" „Honig?", fragen Tão, Schè und Pëp gleichzeitig. Dai erinnert sich an die angriffslustigen Bienen. Sie sind handtellergroß und ihr Gebrumme hört man schon meterweit entfernt. Ein Stich reicht, um jemanden das Bewusstsein verlieren zu lassen, mehr als drei sind tödlich. Sie selber wurde, als sie noch ganz klein war, fast von einer gestochen. Vermutlich hätte der Stich sie total umgehauen. Der Gedanke, diesen Killerbienen noch einmal zu begegnen, missfällt ihr. „Muss das sein?", fragt sie vorsichtig. Doch Yonae scheint sie gar nicht gehört zu haben, denn sie pfeift einmal laut. Die Wölfe blicken auf. Erst jetzt fällt Dai auf, dass es auch kleinere und jüngere Wölfe in dem Rudel gibt. „Mika, Karma, Fur, kommt her!" Drei ausgewachsene Wölfe lösen sich und kommen zu ihr. Dai fragt sich, ob die Wölfe wirklich ihre Namen unterscheiden können. „Begleitet die vier …" Der größte der drei Wölfe, scheinbar ein Weibchen, beginnt zu jaulen. Sofort steigen alle Wölfe, sogar Yonae, ein. Das Jaulen jagt Dai einen Schauder über den Rücken. Ihr wird klar: Das ist der Zusammenhalt des Rudels. Dann machen sich die drei Wölfe auf. Die vier Gefährten haben Mühe, mitzuhalten. Die Wölfe brauchen nicht lange, um eine Fährte aufzunehmen. Schon bald hören sie das penetrante Summen des Bienenvolkes. In den höchsten Wipfeln schwebt eine riesige Wabe.

Sie ist über vier Meter lang und scheint eine Menge zu wiegen, denn selbst die Äste biegen sich leicht unter ihrem Gewicht. Ein kleiner Tropfen Honig landet auf Dais Nase. Sie reckt die Zunge und leckt es ab. Ein süßlich-warmer Geschmack macht sich in ihr breit. „Wow …", staunt Iou. „Das ist also das Zuhause der Bienen?" Dai nickt und schaut hoch. Die drei Wölfe scheinen sich nicht in der Verantwortung zu fühlen, ihnen zu helfen. Sie legen sich in den Schatten und ruhen. „Ich denke, die Bienen werden nicht sehr dankbar sein, wenn wir ihnen ihren Honig klauen. Und außerdem, wie sollen wir da hochkommen?" Pëp blickt hoch. Tão murmelt: „Wir brauchen Rauch … ganz viel dichten Rauch …" „Warum das denn?", fragt Iou. Tão erklärt: „Bienen reagieren empfindlich auf Rauch." Dai schaut sich um. „Hier ist Holz. Lasst uns ein Feuer machen …" Also sammeln sie fleißig Holz, vorzugsweise leicht feuchtes, noch sehr grünes Holz. Damit entfachen sie ein Feuer. Dicke Rauchschwaden ziehen nach oben. Dai legt einen großen Ast samt Blättern dazu. Die Bienen werden träger, ziehen sich zurück. Es scheint zu wirken. „Dai, kannst du vielleicht Steine da hochwerfen? Dann würden vielleicht ein paar Stücke abbröckeln. Die können wir fangen und rübertragen …" Dai nickt. Sie nimmt ihre Schleuder. Doch dann fällt ihr ein, dass eine Schleuder ohne Stein nicht viel hilft. „Ich brauche Steine …", sagt sie und sucht den Boden ab. Doch sie entdeckt keine. „Dai, am Fluss waren welche. Komm, wir holen welche …" Pëp lächelt sie an. Dai nickt zurück. Sie will die Gelegenheit nutzen, um sie über den Kuss mit ihrem Bruder auszuquetschen. Also gehen die beiden zurück. „Also … wie war es?" Pëp fragt: „Wie war was?" Dai grinst breiter. „Der Kuss!" Sofort wird Pëp rot und senkt den Blick. „Mann Dai, das …" Dai erwidert: „Erzähl mir alles. Ich will, dass ihr beiden glücklich seid …" Pëp schaut auf, ein strahlendes Lächeln auf ihrem Gesicht. „Er ist so wundervoll!", haucht sie und streicht sich eine Strähne hinter ihr Ohr. „Ach Pëp. Ich freue mich so!" Sie bahnen sich einen Weg durch das dichte Blattwerk, das an dieser Stelle besonders tief hängt, und laufen weiter. „Danke. Ich bin so unglaublich froh, mit Schè zusammen zu sein. Er ist einfach großartig!" Dai kichert. Die beiden sind so süß. Plötzlich überkommt sie wieder diese Sehnsucht nach Miol. Als hätte Pëp ihre Gedanken gelesen, fragt sie: „Und ... du und Miol?" Sie schaut zu ihr. „Ich weiß nicht ... ich vermiss ihn irgendwie ... und ... ich bin traurig ..." Sie fragt: „Worüber denn?" Dai seufzt. Sie kommen an den Fluss. Dai setzt sich hin und hält ihre Hände ins Wasser. Normalerweise geht es ihr danach immer besser. Doch diesmal hält die Melancholie, die ihren ganzen Körper umgibt, an. Die Schmerzen in ihrem Herzen. Sie schaut zu Pëp. „Ich ... bin mir nicht so sicher, was das zwischen uns ist. Ich ... weiß es einfach nicht." Und damit ist das Thema beendet. Einige Minuten schweigen sie, während sie die Steine sammeln. Auf dem Rückweg reden sie dann über Tão. „Ich stelle mir das Leben als Aash ehrlich gesagt schwer vor. So kalt und emotionskontrolliert ... das muss sehr einsam sein. Ich bin so froh, dass Tão Nala hat!" Dai nickt zustimmend. „Ich glaube, er wird, direkt nachdem wir die Drachen gezähmt haben, zu ihr gehen. Was meinst du?" Pëp stimmt ihr zu. Als die beiden wieder bei Iou und Tão sind, sitzen diese um das Feuer und halten es am Leben. „Da seid ihr ja endlich!", Iou strahlt Dai an. Diese erwidert. Dann nimmt sie den ersten Stein. Sie legt ihn ein, zielt und trifft tatsächlich das Nest. Ein kleines Stück bröckelt herab. „Ziel weiter oben!", sagt Pëp. Sie nickt und zielt erneut. Diesmal bricht etwas mehr ab. „Komm, noch ein bisschen ...", murmelt Iou. Sie wirft einen dritten Stein. Doch anstatt dass ein Stück abbricht, schwankt der Stock. Durch den Schwung verliert er den Halt und fällt neben das Feuer. Chaos bricht aus. Die drei Wölfe springen entsetzt auf, die vier Gefährten rennen, was das Zeug hält. Obwohl die Bienen von dem Rauch noch gelähmt sind, nehmen sie die Verfolgung auf. „Sie sind sauer!", ruft Dai Pëp zu. Ängstlich nickt Pëp. Die vier teilen sich auf, von den Wölfen ist keine Spur zu sehen. Nach endlosen Minuten ist Dai am Ende ihrer Kräfte. Da kommt ihr der Fluss, der sich vor ihr auftut, ganz Recht. Sie watet einige Meter hinein, dann nimmt sie all ihre Kraft zusammen. Ein paar Bienen fliegen auf sie zu. Sie lässt eine Fontäne an Wasser um sie herum hochspritzen. Die Bienen scheint das Wasser zwar noch wütender zu machen, doch sie sehen ein, dass Dai ihnen überlegen ist. Sie ziehen sich zurück. Erschöpft sinkt Dai in das Wasser. Doch bevor sie sich ausruhen kann, spürt sie einen Stich an ihrem linken Schulterblatt. Sie packt sofort dahin. Sie spürt den pelzigen Körper der Biene. Diese löst sich aus ihrer Schulter. Dai spürt, wie der Schmerz durch sie hindurchschießt wie ein Pfeil. Die Biene scheint ihre Genugtuung bekommen zu haben, denn sie tritt den Rückzug an. Der Stich schwillt zu einer gewaltigen Kugel an, sodass Dai ihren Arm kaum noch bewegen kann. Sie weiß, wie gefährlich das ist. Das Gift lähmt den Körper, die Stelle kann sich außerdem schnell entzünden. Dai legt sich so in den Fluss, dass der Schmerz verschwindet. Nach einigen Minuten ist die Schwellung so weit zurückgegangen, dass sie ihren Arm wieder bewegen kann. Langsam steht sie auf. Entgegen ihrer Erwartung ist sie klatschnass. Sie schüttelt sich und läuft dann zurück. Zum Glück kann sie sich an dem Fluss orientieren. Ein paarmal versucht sie, sich trocken zu machen, doch irgendwann gibt sie es auf.

Als endlich alle im Lager sind, werden sie von Yonae empfangen. „Sehr gute Arbeit. Ich bin so froh, euch zu haben!" Dai sieht hinter Yonae einen ganzen Berg Honigwaben. „Während ihr vor den Bienen geflüchtet seid, haben die Wölfe die leeren Waben hierhergebracht. Pëp murmelt: „Wenigstens hat sich das Ganze gelohnt. Dai fasst an ihren immer noch leicht geschwollenen Stich. „Hat's dich erwischt?", fragt Yonae. Sie nickt. „Das Wasser hat gute Arbeit geleistet, doch es ist noch nicht ganz verschwunden ..." Yonae grinst. „Pluta also?" Dai nickt. Die Lupa zieht Dais schwarzes Shirt an der Schulter ein wenig runter. „Alles gut. Da kann dir der Honig direkt helfen. Warte kurz ..." Yonae geht zu ihrer Höhle und kommt kurz darauf mit einem weißen Tuch wieder. Auf halbem Weg hält sie an den Honigwaben. Sie schmiert Honig auf das Tuch und bindet es ihr um den Arm, sodass der Honig auf die Wunde kommt. „Honig wirkt antibakteriell. Und er schmeckt gut ..." Yonae lächelt und wendet sich dann zum Gehen um. „Ach, und übrigens ... wenn ihr möchtet, könnt ihr die Patrouille begleiten und unterwegs jagen ..." Dai schaut die anderen drei an. Tão schlägt vor: „Pëp und ich gehen. Ihr beide ruht euch aus. Klingt das gut?" Dai nickt. Sie und Iou gehen zu der Feuerstelle. Das Feuer ist nur eine leichte Glut, doch trotzdem setzen sie sich davor.

Den restlichen Tag machen sie nicht viel. Gegen Abend wirkt Schè schon wieder viel besser. Doch die Lupa befiehlt ihnen, morgen noch bei ihr zu bleiben. Dai kann sie verstehen. Wie einsam muss man sein, umgeben von Wölfen. Nur ab und zu ein Reisender, der ihr ein wenig Gesellschaft leistet. Dai schläft mit dem guten Gefühl ein, dass sie ihren Bruder und Pëp und Tão und auch Iou um sich hat. Und sobald sie endlich ihren Drachen hat, hat sie auch endlich wieder Miol ...

Der nächste Tag bringt Sonne. Nach einem ausgedehnten Frühstück schickt sie Yonae mit einer ganzen Liste Kräutern los. Den ganzen Tag suchen sie, mittags essen sie ein paar Beeren, abends jagen sie noch mit den Wölfen. Dann wird es Abend. Pëp und Schè gehen früh ins Bett. Tão ist in ein Gespräch mit Yonae vertieft. Iou und Dai sitzen nebeneinander. „Du bist also Pluta?", fragt Iou. Dai nickt. „Also ... das war doch das mit den Elementen, oder?" Er lächelt nervös. Sie schaut ihn an. „Feuer?", probiert er. Dai lacht herzlich. „Nein, tatsächlich Wasser ..." Er senkt den Kopf. „Klar, stimmt!" Dai lächelt. „Nicht so spannend wie Amia, aber trotzdem sehr nützlich ..." Er schaut sie wieder an. „Wasser kann dich heilen?" Sie nickt. „Wow ..." Seine Augen werden groß. „Is ja wie eine Apotheke ... immer dabei ..." Sie fügt hinzu: „Wenn Wasser dabei ist!" Er nickt. Eine kalte Brise lässt das Feuer flackern. Dai zittert leicht vor Kälte. Instinktiv rutscht sie näher an Iou. Sie spürt seinen Atem an ihrer Wange. Er seufzt leise. Sie schaut ihn an. Einige Sekunden sagt keiner was. Ihre Lippen trennen nur Zentimeter. „Iou? Dai? Wollt ihr schlafen? Es ist schon spät und wir wollen morgen früh los. Wir wollen so schnell wie möglich zum Mondstein ..." Dai fährt herum. Neben sich hört sie ein Seufzen. „Klar, komm mit, Iou!"

Tão mustert sie. Sie ignoriert seinen Blick und steht auf. Iou folgt ihr zu der kleinen Höhle. Schè und Pëp schlafen, Arm in Arm. Dai lächelt. Wie glücklich sie sind … Sie legt sich hin und schläft relativ schnell ein.

Als sie aufwacht, sind alle schon sehr geschäftig am Aufräumen. „Leute? Weckt mich doch …", murmelt sie und setzt sich auf. Schè lacht leise. „Du sahst so süß aus …" Dai zieht eine Fratze, die Schè zum Lachen bringt. Sie kann nicht anders, als sich seiner unzerstörbar guten Laune hinzugeben und lachend ihren Gefährten zu helfen, das Lager aufzuräumen. Ihren Bruder so glücklich zu sehen fühlt sich toll an. Er hüpft durch die enge Höhle, als wäre nie etwas gewesen. Dai grinst. So kennt sie ihn.

Nachdem sie fertig sind, gehen sie zusammen zur Mitte des Plateaus. Yonae sitzt bereits da, neben ihr der Alpha. Außerdem … täuscht sich Dai oder sitzt dort außerdem Mika? Sie hätte es nie für möglich gehalten, aber vielleicht hat die Nähe zu dem Wolfsrudel ihr gezeigt, dass die Tiere doch nicht alle gleich aussehen. „Ah, da seid ihr ja endlich … Ich bin nicht glücklich, dass ihr mich verlasst. Ich bekomme nur recht wenig Besuch … Aber ich sehe ja ein, dass es wichtig ist, dass ihr eure Drachen bekommt … wichtiger als ich …" Sie scheint ziemlich gekränkt zu sein. Dai ruft: „Wir kommen dich irgendwann einmal besuchen, versprochen!" Gutmütigkeit flackert in Yonaes braunen Augen auf und sie nickt. „Die beiden, Nakala und Mika, werden euch begleiten. Zumindest ein Stück. Auf eurem Weg liegt ein Stück, in welchem sehr viele Gefahren lauern. Die beiden sollen sicherstellen, dass euch nichts passiert …" Mika und der Alpha, dann wohl Nakala, erheben sich. Sind sie das Alpha-Paar? Ipo hat ihr mal erzählt, dass Wolfsrudel eine große Familie, bestehend aus Eltern und Kindern, sind. Doch hier scheint es eine klare Hierarchie zu geben. Vielleicht hat Yonae das so angeordnet? Ehe Dai darüber nachdenken kann, nimmt Yonae sie in den Arm. „Falls du jemals etwas über Kräuter wissen willst, komm her. Ich kenne mich mit fast allem aus …" Dai nickt. Sie verabschiedet sich von den anderen, ehe sie zum „letzten Mahl" einlädt. Alle zusammen essen gebratenes Eichhörnchen, welches die Wölfe für sie gefangen haben, außerdem eine ziemlich gut schmeckende Pflanze, welche große, grüne Blätter und keinen wirklichen Geschmack hat, er schmeckt mild und leicht süßlich. Alles in allem schmeckt er ziemlich gut. Außerdem kommt Pëp auf die Idee, die Pflanze mit Honig zu essen. Yonae revidiert: „Salat! Hier in der Gegend gibt es viel Salat. Mit ein paar Pilzen oder etwas Gemüse lassen sich hervorragende Gerichte mit Salat herstellen. Es ist fantastisch ..." Von Salat hat Dai schon mal was gehört, aber so sieht der Salat, den sie kennt, nicht aus. Yonae holt den Honig. Nach einer sättigenden Mahlzeit verabschieden sich die fünf von Yonae. Mika und Nakala gehen voran. Einige Kilometer folgen sie den Wölfen, dann bleiben diese abrupt stehen. Iou murmelt: „Sie gehen jetzt ..." Iou neigt den Kopf nach vorn und schaut die Wölfe an. Diese tun es ihm gleich, dann gehen sie. Dai lächelt. „Echt klasse!", sagt sie. Er wird leicht rot und murmelt: „Na ja ... war nichts Besonderes ..." Dai lächelt noch etwas breiter, dann folgt sie ihrem Bruder.

Mittags essen sie etwas Salat, den ihnen Yonae mitgegeben hat. Dazu essen sie etwas von dem Honig und ein paar Karotten, welche sie auf dem Weg gefunden haben. Nach dieser Mahlzeit machen sie sich weiter auf den Weg. Den Tag über legen sie eine große Strecke zurück, doch gegen Abend sind alle froh, als Schè anhält und meint: „Da drüben ist eine kleine Höhle. Sie ist zwar nicht viel größer als die von Yonae, aber immerhin bietet sie Schutz gegen Beißer und anderes Ungetier!" Die anderen stimmen zu und Dai schaudert bei dem Gedanken an Beißer. Beim Gedanken an den Überfall dieser kleinen Biester auf sie jucken die kleinen Narben ihrer schon verheilten Wunden. Sie klettert in die Höhle und packt direkt aus. Nach einigen Minuten legen sie sich hin. Da keiner Lust hat zu jagen, begnügen sie sich damit, ein paar Himbeeren, die sie auf dem Weg gefunden haben, zu essen. Dai ist so müde, dass sie direkt einschläft.

Am nächsten Tag beschließen Schè und Pëp zu jagen. Die beiden wirken so glücklich, als sie zusammen die Höhle verlassen.

Dai lächelt ihnen nach. „Und Schè ist dein Bruder?" fragt Iou, während er schon einmal seine Sachen zusammenpackt. Sie tut es ihm gleich. Tão ist Holz holen, sodass sie allein sind. „Ja. Er ist 15, benimmt sich aber manchmal wie 20!" Sie lacht leise. „Kenn ich. Ich habe eine große Schwester, die sich immer aufspielt …" Dai nickt verständnisvoll. „Ich dachte immer, dass Geschwister beide Kinder der Götter sind …" Iou lächelt. „Nein. Meine Schwester ist ‚normal' …" Beide lachen bei seiner Betonung von „normal". Sie unterhalten sich etwas über ihre Male, bis sie fertig sind. Dann gehen sie raus und helfen Tão mit dem Feuer. Doch ehe sie anfangen, schaut Iou auf. Er steht auf und geht ein Stück weg. „Iou?", fragt Dai, doch er antwortet nicht. Er geht ein Stück in den Wald hinein, gerade so weit, dass Dai ihn nicht mehr sehen kann. Sie spricht einen leisen Fluch aus und macht sich weiter an die Arbeit. Tão schaut ihm einige Sekunden hinterher, macht jedoch weiter mit seiner Arbeit. Er schweigt. Sein Blick ist auf das Feuer gerichtet. Dai kann keinerlei Gefühle an ihm sehen. Muss echt ein schweres Los sein, als Aash geboren zu werden. Dai weiß nicht viel über sie. Aash sind sehr selten. Aber Tão scheint Schwierigkeiten zu haben, sich in die Gruppe zu integrieren. Zieht eher sein Ding durch. Manchmal fragt sie sich, warum er mit ihnen gegangen ist. Hat ihm sein Verstand durch die Maske hinweg gesagt, es wäre besser? Aash können gut mit ihren Gedanken umgehen. Sie filtern Wichtiges von Unwichtigem. Vielleicht …

„Dai. Wenn du weiter so nah am Feuer stehst, fängt deine Hose Feuer. Ich glaube, dass ist nicht unbedingt das, was du willst!" Dai schreckt zurück. Tão hat Recht. Ihre Hose fühlt sich verdächtig heiß an. Sie setzt sich, mit etwas Sicherheitsabstand, an das Feuer und genießt die leichte Wärme. Von Iou ist immer noch keine Spur. Vielleicht kommen wenigstens Schè und Pëp gleich wieder. Sie denkt, sie hätte eine Eule gehört. Irrt sie sich oder redet Iou mit seinen Eulen? Sie zuckt zusammen, als ein paar Äste unmittelbar neben ihr knacken. Pëp und Schè haben einen Raubvogel erlegt. Sie betreten die Lichtung, Pëps Augen funkeln vor Stolz. „Ihr seid's!", ruft Dai und lächelt. Schè sagt:

„Tut gut, endlich mal wieder jagen zu gehen ..." Er legt den Vogel hin. Der Pfeil ist sauber durch sein Auge gegangen. Schè könnte den Vogel wahrscheinlich in der Luft treffen und den Pfeil im Auge versenken. Er nimmt den Vogel aus und brät ihn. Einen Teil trocknen sie auch. „Dann können wir morgen direkt weiterlaufen und müssen nicht nochmal Zeit mit Jagen vertrödeln ...", sagt er, während er den einen Teil zum Trocknen legt und Tão und Pëp mit den Karotten von gestern und einigen Pilzen fünf Spieße machen, welche sie über dem Feuer braten. „Wo ist eigentlich Iou?", fragt Schè. Sie steht auf. „Ich suche ihn!", sagt sie und schreitet über die kleine Fläche bis zu dem Wald. Die Eulen werden lauter. Iou steht vor einem Baum. Der Baum ist voller Eulen. Sie alle schauen ihn an. Sie scheinen sich mit ihm zu unterhalten, auf eine bizarre Art, die Dai irgendwie bekannt vorkommt. Es sieht aus wie bei Yonae. Doch Yonae ist eine Lupa. Kein Kind der Götter. Sie unterbricht die komische Zeremonie, indem sie sich räuspert. Ious Kopf schnellt zu ihr. „Dai!", ruft er und lächelt. „Tut mir leid. Ich habe mich nur unterhalten ..." Die Eulen flattern alle zusammen hoch. Der Lärm übertönt fast Ious Worte. „Wollen wir gehen?" Dai nickt. Iou läuft an ihr vorbei zu dem Lagerfeuer. Dai folgt ihm, perplex über seine Reaktion. Iou setzt sich hin und die fünf essen genüsslich ihren Spieß. Nach der zwar leckeren, aber nicht sehr sättigenden Mahlzeit brechen sie auf. Dai ist es nicht mehr gewohnt, mehrere Stunden lang zu laufen. Noch von gestern hat sie ein paar Schmerzen, doch sie beißt die Zähne zusammen und marschiert weiter. Doch scheinbar scheinen auch ihre Gefährten nicht mehr im Training zu sein. Vor allem Schè hängt ziemlich zurück. Sie machen drei kurze Pausen, ehe sie eine große Rast einschlagen, um etwas zu essen. Dai entdeckt Nüsse und Ingwer. Schè scheint gar nicht begeistert über den Ingwer zu sein, doch Dai und die anderen schneiden den Ingwer in Scheiben und teilen ihn sich auf. Dann knacken sie Nüsse und essen dazu etwas von ihren Vorräten. Nach etwa einer halben Stunde laufen sie weiter.

Gegen Abend haben sie jedoch eine beachtliche Strecke zurückgelegt. Sie schlafen unter freiem Himmel, Schè hält die erste Wache. Doch Dai kann nicht schlafen. Sie muss die ganze Zeit an Miol denken. Miol und ... Iou. Die beiden spuken schon den ganzen Tag in ihrem Kopf. Miol ist ihr bester Freund, doch irgendwie mag sie ihn mehr. Doch Iou ist süß und aufmerksam. Sie wälzt sich herum und setzt sich auf. Schè schaut sie an. „Alles gut?" Sie steht auf und setzt sich neben ihn. „Mmh ..." Mit Schè konnte sie immer reden. Auch wenn er ein Junge und manchmal sehr stumpf ist, hilft er ihr nach bestem Wissen. „Was ist los, Kleine?" Er legt einen Arm um sie, als sie sich neben ihn setzt. Sein Blick geht gen Himmel. Die Lichter sind klar zu sehen. „Ich ... ich muss eine schwere Entscheidung treffen. Ich weiß aber nicht, wie ..." Sie seufzt leise. Er überlegt einige Sekunden und schaut in die Lichter, als ob er in ihnen die Antwort suche. „Du musst die Antwort in dir finden. Du hast dich schon längst entschieden. Dein Gehirn hat nur Angst vor den Konsequenzen. Wenn die Zeit so weit ist, wirst du dich schon für das Richtige entscheiden ..." Sie nickt betrübt. Doch was ist, wenn sie sich für das Falsche entscheidet? Sie versucht, ihre Zweifel wegzuwischen und an was anderes zu denken. „Hey ... Schè ..." Er schaut sie an. „Du wolltest mir etwas über die Lichter erzählen!" Sein Gesicht wird weich. „Ja, stimmt. Sieh mal. Sieh ganz genau hin. Die Lichter sind nämlich nicht jede Nacht gleich. Je nachdem, wo man sich befindet, sind sie nämlich anders. Sie kreisen um uns. Oder besser gesagt kreisen wir und sie sind fest an ihrem Platz. Klingt spannend, was?" Sie nickt und schaut die leuchtenden Punkte an dem finsteren Nachthimmel an. „Und das? Ist das ein großes Licht?", fragt Dai. Der riesige Ball, der Mond genannt wird, ist ihr schon öfter aufgefallen. Er verändert sich auch. Mal ist er schmal und gebogen, wie eine Sichel, mal dick und rund, wie ein Ball. „Nein. Das ist ein riesiger Ball. Er leuchtet nicht von selber. Guck mal da, diese Sterne sehen aus wie ein Bär. Es gibt sogar zwei ..." Schè deutet auf ein paar leuchtende Punkte. „Wo?", fragt sie. Schè zeichnet mit den Fingern etwas, das man als Bär interpretieren könnte, in die Lichter. „Wow ...", staunt

Dai. Schè lächelt. „Das hat mir Vater mal gezeigt. Die Lichter sind was ganz besonderes. Man sagt, sie seien die Seelen der Verstorbenen. Und immer wenn jemand stirbt, dann erscheint ein neues Licht …" Dais Augen wandern über den Horizont. „Das sind aber viele Tote!" Schè lächelt. „Na ja, es gibt noch viele mehr. Denn Venera gibt es schon ganz lange. Und davor gab es etwas, das sich „Welt" nannte. Unsere Vorfahren wohnten auf der ganzen Erde!" Dai schaut ihn an. „Meinst du auch außerhalb der Grenzen?" Von den Grenzen hat Dai nur wenig gehört. Es sind riesige Mauern, über die keiner rüber darf. Und auch wenn, es ist nahezu unmöglich, drüberzukommen. Doch selbst wenn man es schaffen würde, dann würde einen draußen der Tod erwarten. „Damals war das alles noch nicht so kaputt wie heute. Aber egal. Ich denke, du solltest jetzt schlafen, Kleine. Wir müssen morgen weiter …" Sie seufzt leise. „Gut. Gute Nacht, Bruder!" Er lächelt und drückt ihr einen Kuss auf die Wange. Einige Sekunden verharren sie so, dann lässt Schè sie los. Sie steht auf und schreitet zu ihrem Schlafsack. Sie klettert hinein. Tatsächlich hat das Gespräch ein wenig geholfen. Zwar denkt sie immer noch an Miols starke Umarmung, doch diesmal hilft ihr das, einzuschlafen.

Als Dai am nächsten Tag aufwacht, spürt sie eine ungeheure Kraft und Motivation in sich. Es dürfte nicht mehr weit bis zum Mondstein sein. Hier, wo das Blätterdach nicht so dicht ist, sieht man die Ränder des gewaltigen Berges schon. Man erzählt sich, er sei früher, bevor er zerbrach, noch größer gewesen. Tausende von Metern hoch. Heute ist er zwar immer noch erstaunlich hoch – sie werden mindestens einen Tag brauchen, um dort hochzuklettern –, doch er ist viel kleiner als früher. Sie nimmt den Rest ihres Fleisches und isst es zusammen mit ein paar Beeren von gestern. Dann räumt sie auf. Die anderen sind mittlerweile auch aufgewacht. Sie erinnert sich, gestern einen kleinen Bach gesehen zu haben. Vielleicht ist es der gleiche, der durch Yonaes Territorium verläuft? Der Gedanke daran lässt sie noch etwas fröhlicher werden. Sie läuft dorthin, trinkt etwas, füllt ihre Trinkflasche auf und macht sich etwas frisch. Dann läuft sie zurück. Die anderen sind schon bereit, den wahrscheinlich letzten Marsch ihres Lebens anzutreten. Sie schultert ihren Rucksack, der Tonnen zu wiegen scheint. Doch trotz der Aussicht, einen ganzen Tag zu laufen und dann noch diesen riesigen Berg zu bewältigen, läuft sie voller Euphorie los.

Iou holt sie irgendwann ein. „Du bist ja echt motiviert heute. Was ist los?" Dais Augen strahlen, als sie erklärt: „Seit fast fünf Wochen sind wir unterwegs. Ich bin es leid, zu laufen. Meine Füße schmerzen. Und vielleicht werden wir übermorgen schon unseren Drachen sehen. Und zähmen. Und dann ... dann sind wir frei. Nie wieder laufen! Wäre das nicht toll?" Iou schmunzelt gutmütig und lässt sich von ihrer Laune anstecken. Die beiden reden noch etwas, doch gegen Mittag verlässt Dai wieder die Kraft. Sie machen zwar eine kurze Pause, in der sie ein paar Beißer erledigen, die die rastende Gruppe angreifen wollten, doch Schè meint, sie müssen so schnell wie möglich weiter. Also teilen sie sich zu fünft einen kleinen Beißer, den Rest wollen sie abends grillen. So macht sich die Gruppe weiter auf in Richtung Berg. Auf dem ganzen Weg konzentriert sich Dai voll und ganz darauf, zu laufen. Sie spricht kein Wort, sogar Miol und Iou, ein Konflikt, der sie seit Tagen beschäftigt, verschwinden aus ihren Gedanken. Sie macht einen Schritt nach dem nächsten, ihr einziger Gedanke ist der Berg.

Ihr Blick ist stur auf den Boden gerichtet. Erst als Schè sie packt und einen Schritt zurückzieht, sieht sie den riesigen Berg, der in der Dämmerung noch majestätischer aussieht. Ihre Kinnlade klappt nach unten, ihr entfährt ein „Wow". Der Berg ist gigantisch und wunderschön. Sie sind endlich da. Das Ziel ihrer Reise steht direkt vor ihnen. Der Mondstein.

PART 5

POV DAI

Aus dem Berg schwebt ein riesiges Wesen. Es gleitet um die Öffnung in dem Berg. Zwar kann Dai es nicht genau erkennen, doch es ist eindeutig ein Drache. Sie hat noch nie ein so großes Tier gesehen. Ein Grinsen schleicht sich auf ihr Gesicht, als sie sich zu ihren Gefährten umdreht. „Endlich …", flüstert sie und setzt ihren Rucksack um, immer noch starr vor Bewunderung. Sie hatte ihn sich viel kleiner vorgestellt, doch jetzt merkt sie, wie groß er ist. Ob sie morgen Abend schon da oben sind? Auch die anderen setzen sich in Bewegung. Tão und Schè suchen Holz. „Wir sollten heute früh schlafen, um morgen so früh wie möglich aufzubrechen …", schlägt Iou vor. Pëp ist zu dem Berg gegangen und studiert seine Beschaffenheit. Dai holt aus Schès Rucksack die zwei Beißer hervor. Sie sind etwa so lang wie ihr Unterarm mit Hand und wiegen mehrere Kilo. Daraus können sie genug Fleisch für die nächsten zwei Tage machen. Sie nimmt sich den ersten Beißer vor und nimmt ihn aus, wie Tão es ihr gezeigt hat. Dann hilft sie den beiden Jungs, die mittlerweile zurückgekehrt sind, das Feuer zu machen. Pëp ist immer noch beim Felsen. Während Tão den zweiten Beißer ausnimmt, geht Schè zu ihr. Dai zieht den großen Topf hervor und kippt das Wasser aus ihren Wasserflaschen zusammen. Es sind zwar nur eineinhalb Liter, doch besser als nichts. Die Flaschen können sie morgen an dem Bach auffüllen. Doch mit dem schweren Topf durch die Gegend laufen will Dai nicht. Dann sucht sie nach Zutaten, während ein Teil des Fleischs und das Wasser über dem Feuer warm werden. Sie findet in der Nähe des Baches ein bisschen Petersilie, ein bisschen Lavendel und Pfefferminze. Außerdem findet sie Pilze und sogar Kartoffeln. Kartoffelsuppe. Ihre Mutter hat früher öfter Kartoffelsuppe gekocht. Sie nimmt grinsend ein paar davon mit und läuft zurück zu ihrem Lager. Tão hat bereits den zweiten Beißer zum Trocknen gelegt. Die Fleischstücke des ersten Beißers schwimmen in dem bereits kochenden Wasser. Sie schneidet die Kartoffeln klein und schmeißt sie mit in den Topf. Dann zerhackt sie die Petersilie und etwas Lavendel. Während die Kartoffeln und das Fleisch in dem Wasser köcheln, macht sie mit dem Rest des Fleisches Spieße mit Pfefferminz und Ingwer, welche sie über dem Feuer grillt. Zuletzt nimmt sie die Suppe vom Feuer und gießt etwas Wasser ab, sodass die Stücke gerade so schwimmen. Sie macht das Gewürz hinein und zerdrückt die Kartoffeln, sodass eine cremige Suppe entsteht. Dann nimmt sie die Spieße vom Feuer und serviert alles. Pëp und Schè scheinen gesehen zu haben, dass sie kocht, denn sie sind bereits auf dem Weg zu ihnen. Tão setzt sich zu ihr. Sie nimmt einen Löffel und probiert den ersten Schluck Suppe.

Nach einer großen und sättigenden Mahlzeit legen sie sich schlafen. Etwa die Hälfte der Suppe und ein Spieß sind für den morgigen Tag noch übrig. Dai legt sich hin und beobachtet die Sterne. Sie entdeckt sofort den Bären, den Schè ihr gestern gezeigt hat. Sie fragt sich, wer für den Bären gestorben ist. Sie stellt sich vor, es war einer der Menschen, die außerhalb gelebt haben. Sie lächelt bei dem Gedanken. Dann schläft sie ein.

Sie ist wieder auf der gleichen Lichtung wie in ihren letzten Visionen. Wieder sitzen die fünf Gestalten da. Doch wie kann das sein? Sie hat schließlich keinen der Mohnsamen genommen. Verwirrt geht sie, diesmal etwas selbstbewusster als das letzte Mal, auf die fünf zu. „Dai ..." Sie schaut auf. Tebahm, die sie so an Ambèth erinnert, schaut sie lächelnd an. „Hallo Dai. Setz dich!" Sie kniet sich hin. Diesmal ist der Topf mit einer brodelnden Flüssigkeit gefüllt, die süßlich riecht. Nach Beeren ... „Dai?" Neben sich erblickt sie Pëp. Auf ihrer rechten Seite sitzt Tão, welcher gespannt die dunkle Gestalt betrachtet, die ihr schon das letzte Mal suspekt vorkam. „Hallo Dai. Deine ... Freunde scheinen nett zu sein ..." Er lächelt mit einem Blick auf die fünf Personen, die ihr schon das letzte Mal geholfen haben. Auch Schè und Iou sind da. Die Frau, die neben Lan, dem griesgrämigen alten Mann, der sie letztes Mal etwas abwertend behandelt hat, sitzt, sagt: „Hallo

Schè. Schön, dass es dir besser geht. Dai hat alles gegeben, um dich zu retten. Und du, Iou. Wie schön, dich lebend und in einem Stück zu haben. Dai hat sich so aufopfernd in die Schlacht geschmissen, um dich zu retten …" Sie seufzt, scheinbar in Erinnerungen schwelgend. „Hela, konzentrier dich!", zischt Lan. „Jaja …", murmelt sie. Tebahm räuspert sich. „Es soll dieses Mal nicht nur um Dai gehen. Euer Geschick und eure Fähigkeit zusammenzuarbeiten haben euch so weit gebracht. Ihr seid hier, zu Füßen des Berges der Götter, wo wir einst über die Sünden der Götter gerichtet haben. Das kleine Missgeschick mit dem Streit wollen wir nicht so vertiefen, doch worum es eigentlich geht, ist Folgendes: Ihr seid auserwählt. Vier Jahre wurdet ihr trainiert, um eure Kräfte zu kontrollieren, endlose Wochen habt ihr euch bis hierhin durchgekämpft. Und nun, nun ist es an der Zeit, eure wahre Bestimmung anzutreten …" Endlich bekommen sie ihre Drachen. Dais Körper kribbelt. „Ich, Tebahm, Göttin der Weisheit und der Lehren, ehre euch für die Klugheit, alle Situationen zu überwinden, mithilfe eures Mutes und eurer Klugheit …" Pëps Augen leuchten. Sie muss zu der Göttin der Weisheit aufsehen. Langsam wird Dai bewusst, dass sie die ganze Zeit gedacht hat, die Götter wären so unerreichbar weit weg. Doch sie waren die ganze Zeit hier. Und haben über sie gewacht. Dai muss lächeln. Hela schenkt ihr ein kleines Lächeln. „Ich, Hela, Göttin der Freude, des Glückes und der Gesundheit aller Wesen in Venerå, ehre euch für die Freude, die ihr aufbringt, egal wie ausweglos eure Situation auch scheinen mag. Dass ihr niemals aufgegeben habt. Ihr habt auf euer Glück und auf uns vertraut, und das macht mich ganz stolz!" Helas Lächeln wird breiter. Selbst Lan scheint für einen kurzen Moment zu lächeln. Er räuspert sich. „Ich, Lan, Gott der Zwietracht, der Jagd und des Krieges, bin zwar etwas traurig, dass ihr euch so wenig gestritten habt, doch immerhin seid ihr starke Truppenmitglieder für den Krieg …" Tebahm wirft ihm einen bösen Blick zu, Hela schüttelt den Kopf. „Jedenfalls seid ihr alle gute Jäger, vor allem du, Schè!" Schè senkt geehrt den Kopf und nickt dankbar. Dai hätte nie gedacht, dass Lan ein Lob von den Lippen bekommen würde. Lan hebt herausfordernd die Augenbraue, als sie darüber nachdenkt, und wirft ihr einen spöttischen Blick zu. Der ältere Mann zwischen Lan und Tebahm schaut auf. „Ich, Niel, der Erschaffer allen Lebens, ehre euch für eure Taten, für alles Gute, was ihr meinen Geschöpfen getan habt. Für eure Hilfe im Elfendorf, für eure Taten bei Yonae und für all das, was ihr füreinander getan habt ..." Dai zuckt bei der Erwähnung des Dorfes zusammen. „Auch wenn die Dinge manchmal nicht so gelaufen sind, wie ihr es wolltet, habt ihr euch weise, immer freundlich und geschicklich im Kampf und bei der Jagd verhalten. All das macht euch zu guten Drachenreitern ..." Er schaut jeden der fünf an. Die drei anderen Götter schauen ihn ebenfalls an. Dais Blick fällt auf die dunkle Gestalt am Rand, die Anstalten macht, aufzustehen. Als sie ihre Stimme erhebt, hat Dai das Gefühl, dass überall Blitze einschlagen und die Stimme der Donner ist. „Und ich, der Herrscher über die Toten, ich bin erzürnt!" Dai erinnert sich an das tiefe Keuchen, das sie am Ende ihrer letzten Vision gehört hat. Das heißt, er müsste ... „Ganz recht, kleine Dai. Ich bin Noa. Ich herrsche über die Unterwelt. Und du, Dai, du hast das Schicksal herausgefordert, du hast den Tod von Schè verhindert. Zweimal!" Sein Blick gleitet zu den vier anderen Göttern. „Noa. Du weißt, dass es nicht seine Bestimmung war, zu sterben!" Er donnert: „Ich habe es bestimmt!" Niel steht auf. „Noa, du wagst es, dich zu erheben und Anspruch auf meine Geschöpfe zu erheben, Geschöpfe, die durch meinen Mund gesegnet wurden?" Noa scheint erst ein wenig eingeschüchtert zu sein, doch dann nickt er. „Er hätte sterben sollen! Und sie hat es verhindert! Deine Prophezeiung ist Müll!" Jetzt erhebt sich auch Lan. „Du wagst es, dich gegen den Schöpfer zu stellen und seine Anweisungen infrage zu stellen? Dieser Krieg wird alles verändern. Er ist wichtig!" Niel zischt: „Schweig, Lan. Dies ist nicht deine Angelegenheit!" Lan will etwas erwidern, doch Hela zieht ihn wieder zurück. „Noa, du wirst den Krieg niemals gewinnen!" Noas Augen brennen vor Hass und Verachtung. „Oh doch, Niel, das werde ich! Du wirst schon sehen!" Er hebt seinen Kopf. Unter der dunklen Kapuze erscheinen zwei leuchtende

Punkte, seine Augen. Er stößt ein vor Wut verzerrtes Brüllen aus, ein paar Blitze schlagen ein, dann verfällt er zu Staub und versinkt im Boden. Niel setzt sich wieder zwischen Lan und Tebahm. „Sprösslinge, es tut mir sehr leid, dass ihr dies mitansehen musstet ..." Er nickt einmal kurz. Dai merkt Taõs Anspannung neben sich. Tebahm rührt in dem Gebräu in dem Topf. Sie probiert einen Schluck. „Hier, nehmt ..." Sie verteilt kleine Holzbecher mit einem Schluck des Gebräus. Süßlicher Geruch steigt in Dais Nase. „Trinkt ruhig!" Dai probiert. Es schmeckt köstlich. Süß und fruchtig. Der Geschmack vernebelt ihre Sinne. Sie trinkt den Rest. Plötzlich fühlt sie sich, als wäre sie nicht mehr Herr über ihren Körper. Alles in ihr kribbelt, gefolgt von dem Gefühl völliger Taubheit. Als dieses Gefühl ihren Kopf erreicht, entfährt ihr ein Schrei, den sie nicht mehr hört, denn plötzlich ist alles still, alles schwarz, nur noch ein leichtes Pulsieren in ihrem Ohr verrät ihr, dass ihr Körper noch da ist.

Dann wacht sie auf. Die anderen sind schon wach. „Dai!" Sie schirmt ihre Augen gegen die aufgehende Sonne ab. „Dai, zum Glück bist du wach. Wie geht es dir?" Schè lächelt sie an. Sie setzt sich auf. „Wow ... diese Vision war echt verrückt ..." Pëp sitzt bei Iou. Mit geröteten Augen schaut er sie an. In seinem Blick liegt Panik. Sie rutscht zu ihm. „Alles gut ...", murmelt sie und legt einen Arm um ihn. Er legt seinen Kopf an ihre Schulter. Sie hört ein leises Schluchzen, seine Tränen durchweichen ihr weißes Shirt. „Es war nur eine Vision ... nichts Schlimmes ..." Sie erinnert sich an ihre erste Vision. Nur dass ihre erste Vision davon gehandelt hat, dass sie bei lebendigem Leibe ertrunken ist, unfähig zu sprechen oder sich zu bewegen, um sie herum eine Schlacht. Sie denkt an die Worte von Lan zurück ... „Doch immerhin seid ihr starke Truppenmitglieder für den Krieg ..." Was für einen Krieg? Doch bevor sie weiter darüber nachdenken kann, hört sie Taõs Stimme. „Unsere Drachen zu zähmen ist nicht unsere Aufgabe!" Alle schauen ihn an. „Nicht?", fragt Pëp. Er schüttelt den Kopf. „Und was sollen wir sonst tun?", fragt Schè, leicht spöttisch. Tao schaut ihn an. „Ich weiß es nicht. Aber unsere Drachen zu zähmen, wird nur der

Anfang einer großen Aufgabe sein … Unsere Drachen sind von den Göttern vorbestimmt." Sie schaut ihn fragend an. „Woher weißt du das?" Tão antwortet: „Weil das, was ihr gerade erlebt habt, erst passiert, wenn euch der Drache ausgesucht hat. Sie haben die Auswahl unserer Drachen gelobt. Dabei haben wir unsere Drachen noch gar nicht …"
Beim Essen sagt keiner was. Sie essen den Rest der Suppe und als die Sonne aufgegangen ist, sind sie bereit, den Berg zu erklimmen. „Ich habe mir die Struktur des Berges genauer angesehen. Dies ist nicht die optimalste Route, da wir viel klettern müssen. Doch an den Seiten ist der Berg um mehrere hundert Meter höher, und um den Berg herumzulaufen ist keine Option. Also müssen wir hier entlang." Nachdem sie ihr Wasser aufgefüllt haben, laufen sie zu dem Berg. Zuerst ist der Berg so flach, dass sie laufen können. Doch nach etwa 200 Metern wird er zu steil und sie müssen klettern. Laufen mit schwerem Gepäck war anstrengend. Klettern mit schwerem Gepäck gleicht einem Marsch durch das Feuer. Nach wenigen Metern brennen Dais Hände. Doch sie kann ihre Schmerzen für eine weitere halbe Stunde ertragen. Sie sind jetzt etwa 300 Meter über dem Erdboden. Sie sammeln sich auf einem Vorsprung. Dai knabbert an einem Stück Ingwer, während sie die Aussicht genießt. „Meinst du, man kann von hier aus bis zum Dorf der Elfen gucken?", fragt Dai Pëp, welche neben ihr sitzt. Diese lächelt. „Wenn wir etwas höher sind, bestimmt!" Schè sitzt, sich an die Felswand pressend, da und starrt auf den Boden. Er tut ihr leid. Er muss einen Felsen hochklettern … mit Höhenangst. „Du schaffst das, Bruderherz! Ich glaub an dich!" Sie lächelt ihn an. Er blickt auf. „Danke, Dai … ich … versuche einfach nicht daran zu denken, wie hoch es ist …" Er schaut wieder auf den Stein. Ihr Lächeln schwindet. Sie schaut runter. Sie selber hat keine Angst vor Höhe, doch trotzdem ist es befremdlich, so hoch über dem Boden zu sein. „Wollen wir weiter?" Tão sucht bereits nach einer Stelle, an der er weiterklettern kann. „Klar. Nur etwa 60 Meter über uns müsste ein schmaler Pass sein. Wenn wir dem etwas folgen, kommen wir an eine etwas flachere Stelle. Ist vielleicht angenehmer zu klettern. Also

los, lasst uns klettern …" Pëp steht auf. Sie schiebt Dai vor sich her zu der Stelle, an der Tão steht. „Pëp, geh du vor. Du weißt, wo lang. Danach gehen Dai und Iou, Schè und schließlich ich. Wenn Schè rutscht, kann ich ihm am besten helfen …" Tão nickt in die Richtung des immer noch am Boden kauernden Schès. „Ich … geht ruhig schon mal vor … ich brauch noch etwas …" Pëp, die bereits losklettern will, schüttelt energisch den Kopf. „Steh auf, du fauler Haufen! Du kommst mit uns, ob es dir passt oder nicht! Niemand wird im Stich gelassen, verstanden? Allein wirst du sowieso nie hochkommen!" Schè schaut auf. „Guck mich nicht so an, Schè!", mahnt Pëp, kann sich aber ein kleines Grinsen nicht verkneifen. Schè steht auf, gibt ihr einen kurzen Kuss und schultert sein Gepäck. Pëp klettert los. Als sie einige Meter hochgeklettert ist, legt Dai ihre Hand in eine kleine Nische und drückt sich hoch. Sie arbeiten sich Meter für Meter hoch, bis sie schließlich an dem kleinen Pass ankommen, von dem Pëp geredet hat. Alle setzen sich hin und atmen tief durch. Dais Hände schmerzen. Sie nimmt etwas Wasser. Das kühle Nass hilft gegen die Schmerzen, zumindest etwas. Doch sie merkt, dass ihr Wasser alarmierend knapp wird. Als Pluta ist sie sowieso schon anfälliger für Durst. Doch in der brennenden Mittagssonne muss sie alle paar Minuten einen Schluck trinken, um nicht zu dehydrieren. Sie trinkt den letzten Schluck aus ihrer Flasche. Jetzt hat sie nur noch das Wasser, welches immer an ihrem Gürtel hängt. Und sie haben nicht mal die Hälfte geschafft. „Alles okay, Dai?", fragt Pëp. Sie nickt und schaut hoch. Die Sonne steht schon fast im Zenit. Ob sie heute überhaupt den Rest schaffen? Nach einigen Minuten Pause machen sie weiter. Zum Glück verschwindet gegen Nachmittag die Sonne hinter dem Berg, sodass es etwas kühler wird. Doch mit jedem Schritt wächst Dais Durst. Sie wagt es nicht, an ihren Vorrat zu gehen. Sie laufen zuerst den Pass entlang. Tatsächlich ist die Stelle, die Pëp meinte, so flach, dass man fast laufen kann. Halb laufend, halb kletternd schaffen sie so nochmal knapp 100 Meter. Das Stück endet in einer etwa zehn Meter breiten Fläche, bevor es wieder fast senkrecht hochgeht. Sie setzen sich alle hin. Dai ist nassgeschwitzt und am

Dehydrieren. Sie spürt, wie ihre Kräfte schwinden. Doch was soll sie tun? Wasser ist nirgends zu sehen und die anderen brauchen ihr Wasser selber. Sie schließt die Augen und konzentriert sich. Irgendwo in ihrem benebelten Gehirn findet sie die Kraft. Vielleicht schafft sie es, das Wasser vom Bach hierherzuleiten. Sie nimmt alle Kraft zusammen, doch es klappt nicht. Sie sackt zusammen und versucht, nicht durchzudrehen. Vielleicht schafft sie es, bis oben durchzuhalten. Vielleicht … Sie seufzt. Vielleicht …
Nach der Pause müssen sie weiter. Dai zieht sich an der steilen Felswand hoch, doch sie taumelt. Ihr Kreislauf versagt, sie droht, das Bewusstsein zu verlieren. Schè fängt sie auf, als sie zur Seite kippt. „Verdammt, Dai! Was ist los?" Er legt sie hin. Um sie herum tanzen schwarze Fetzen. „Dai!" Schès Stimme verschwimmt. Sie spürt etwas Kaltes an ihrem Mund. Etwas Kaltes, Nasses. Ein Tropfen läuft an ihrem Mundwinkel runter. Sie schluckt mehrere Schlucke Wasser runter, ehe ihre Sinne sich wieder schärfen. „Dai, geht es dir gut?" Schè sieht sehr besorgt aus. Sie nickt schwach. Pëp hält ihr ihre Flasche hin, ein weiterer Schluck fließt in ihren Mund. Sie schluckt artig. „Ich … alles ist gut, okay?" Sie will sich aufrichten, doch jemand drückt sie runter. Tão. „Dein Kreislauf ist zusammengebrochen. Wenn du jetzt aufstehst, wird es dich gleich wieder erwischen. Es ist im Interesse von keinem, dass du mitten auf der Strecke dein Bewusstsein verlierst und mehrere Hundert Meter in den Abgrund stürzt. Also bleib einfach ein wenig hier liegen!" Sie nickt, doch sofort holt sie ein schlechtes Gewissen ein. „Ihr müsst euer Wasser selber sparen!", protestiert sie. Schè sieht sie mit ernster Miene an. „Aber nicht, wenn du es dringender brauchst. Wir kommen auch ein wenig ohne Wasser zurecht. Aber du … zwar ist es nicht mehr so heiß, aber Wasser ist dein Leben!" Sein durchdringender Blick fixiert sie. „Pëp, Tão, Iou, wie viel Wasser habt ihr?" Iou sitzt bei ihr und hält ihre Hand. Erst jetzt merkt sie, wie angespannt er ist. Er scheint sich wirklich Sorgen um sie zu machen. Die drei kippen ihr Wasser in Dais größten Wasserbeutel. „Das sollte reichen. Und wenn der leer ist, dann sag bitte Bescheid. Bitte Dai!" Iou schaut sie eindringlich an. In seinen

Augen liegt etwas, das Dai nicht beschreiben kann. Viel leidenschaftlicher, als sie es je bei jemandem gesehen hat. Außer ... außer bei Miol. Sie schiebt den Gedanken sofort weg. Das nicht auch noch. Sie setzt ganz langsam auf. Dann trinkt sie einen kleinen Schluck. Ihr größter Wasserbeutel fasst etwa zwei Liter. Und sie haben gerade mal die Hälfte geschafft. Dai nimmt sich zusammen. Das muss reichen. Entschlossen steht sie auf. „Fertig?" Sie nickt. Pëp geht wieder vor. Sie meistern die nächsten Stunden noch etwa 250 Meter fast durchgängiges Klettern mit vielen kleinen Pausen dazwischen. „Da ist ein kleiner Aufstieg. Die letzten 50 Meter sind die schwierigsten ... Doch dann haben wir es geschafft!" Dais Herz pocht. Nicht mehr lange, dann hat sie ihren Drachen. Sie nimmt einen Schluck Wasser und folgt Pëp auf einem schmalen Grat, der wie eine Treppe nach oben führt. Der Grat ist so schmal, dass Dai Mühe hat, nicht abzurutschen. Als sie einen Blick an Pëp vorbei wagt, sieht sie, dass der Pass gleich breiter wird. Doch ehe sie sich darüber freuen kann, hört sie einen Schrei. Sie zwingt sich, sich langsam umzudrehen. Iou hat wohl den Halt verloren. Schè konnte ihn gerade so packen, doch Dai ist sich nicht sicher, ob er ihn nicht gleich loslässt. Sie packt seine zweite Hand, die sich verzweifelt am Rand festhält. Tão hilft Schè, der vollkommen perplex dasteht. Dai weiß nicht, wen sie mehr bedauern soll. Iou, dessen Leben am seidenen Faden hängt, oder Schè, der am Rande des Abgrundes steht und einer Ohnmacht nahe ist. Sie versucht, nicht in Panik auszubrechen. „Iou, lauf an der Wand hoch. Wir halten dich fest!", ruft Pëp und hält Dai fest. Diese zieht an seiner Hand. Iou drückt seine Füße gegen die Wand und läuft tatsächlich so weit hoch, dass er den Rand zu fassen kriegt. Doch sein Rucksack zieht ihn ein Stück hinunter. In blinder Panik greift Dai seinen Rucksack, stolpert, und stürzt beinahe selber in den Tod. Doch sie fängt sich und zieht ihn wieder hoch. Tão packt Schès Schultern und schiebt ihn vorsichtig weiter, Dai packt Ious Hand und läuft weiter. Als der Weg endlich breiter wird, fällt Iou auf den sandigen Stein und bricht in Tränen aus. Dai nimmt ihn in den Arm, wie am Morgen zuvor. „Hey, alles gut. Wir lassen niemanden im

Stich. Niemals!" Sie braucht mehrere Minuten, bis er sich beruhigt hat. Schè sitzt einfach nur da und starrt in den Abgrund. Dai setzt sich, nachdem Iou aufgehört hat zu heulen, zu ihm. „Hey Schè, alles okay?" Sie nimmt einen Schluck Wasser. „Nein ...", murmelt er mit hohler Stimme. „Schè, alles gut! Du hast ihm das Leben gerettet! Trotz deiner Angst!" Tatsächlich scheint ihn das etwas glücklich zu machen, denn sein leerer Blick wird wieder normal. Er schaut sie an. „Wir haben es so weit geschafft. Wir schaffen auch noch den Rest, oder?" Sie nickt. Die Gefährten laufen weiter. Die nächsten 200 Meter sind ziemlich einfach. Nur die letzten zehn Meter müssen sie klettern. Dann stehen sie am Rande des Berges. Die Sonne geht unter. Gerade zieht Dai Tão den letzten Meter auf den Rand. Pëp ruft: „Leute! Kommt her! Das ... das ist atemberaubend!" Dai läuft zu ihr. Der Rand ist an der dicksten Stelle etwa 30 Meter dick. Auf der einen Seite geht es über 1000 Meter runter. Der Weg, den sie geklettert sind. Auf der anderen Seite ist das Innere des Berges. Etwa 600 Meter von ihnen entfernt ist eine Art Abhang, auf den sie hinunter können. Er ist so flach, dass sie relativ sicher hinunterlaufen können. Doch das fällt Dai zunächst nicht auf. Vor ihr tut sich ein riesiges Paradies auf. Drachen, wo man hinsieht. Riesige Drachen, die majestätisch durch die Luft gleiten. Kleinere Drachen, die geschickt und wendig in den Abendhimmel emporsteigen. Alle brauchen einige Minuten, um zu Luft zu kommen, um diesen Anblick zu verdauen. „Ich glaube, das ist das Paradies ...", murmelt Pëp. „Wir sollten hier rasten. Morgen gehen wir dann hinunter, okay?", schlägt Tão vor. Doch selbst er, der sich von nichts aus der Fassung bringen lässt, ist beeindruckt von dem Anblick. Sein Vorschlag klingt vernünftig. Sie lassen ihre Sachen fallen. „Lagerfeuer scheint heute wohl auszubleiben ...", murmelt Pëp, als sie ihren Schlafsack ausbreitet. Dai legt sich hin. Ihre Hände hat sie mit etwas von ihrem übrigen Wasser abgewaschen, den Rest hat sie getrunken. Sie fühlt sich zwar immer noch massiv dehydriert, doch zumindest muss sie nicht mehr klettern. Jetzt gibt es keine Hindernisse mehr. Schè scheint extrem erleichtert, nicht mehr klettern zu müssen. Er scheint es suspekt zu finden, so weit oben zu schlafen, doch schließlich siegt seine Erschöpfung und er lässt sich müde in seinen Schlafsack fallen. Dai schließt die Augen und der Schlaf übermannt sie. Sie träumt wirres Zeug. Von der Lichtung, Noa, wie sie von einem Berg, der viel, viel höher ist als dieser hier, gestoßen wird und schließlich aufwacht. Doch trotz ihres wirren Traumes fühlt sie sich ausgeruht und bereit, den steilen Abstieg zu wagen. Sie essen ihr letztes Beißerfleisch. Am Vortag waren sie so müde, dass sie kaum etwas gegessen haben, doch nun meldet sich Dais Bauch. Sie schiebt sich gierig etwas Fleisch in den Mund, gefolgt von Beeren und einem kleinen Schluck Wasser, den ihr Iou gibt. Sie schenkt ihm ein dankbares Lächeln, welches er erwidert, und er wird direkt rot. Dai nimmt einen letzten Schluck, dann schultert sie ihren Rucksack. Auch die anderen machen sich bereit. Sie wandern, allen voran Pëp, den breiten Pfad entlang zu dem Abstieg. Er macht etwa ein Fünftel des gesamten Umfanges aus. Dort angekommen, setzt sich Pëp an den Rand. Vorsichtig rutscht sie die ersten Meter hinunter. Sie sind zu steil, um zu laufen, und zu flach, um zu klettern. Dai folgt ihr. Langsam, aber sicher arbeiten sie sich voran. Manchmal können sie laufen, manchmal ist es aber auch so steil, dass sie von Vorsprung zu Vorsprung klettern. Nach etwas mehr als vier Stunden sind sie endlich unten. „Endlich …" Erschöpft setzt sich Dai in den Schatten eines Baumes. Sie sind im Paradies angekommen. Über sich in den Baumwipfeln sieht sie drei kleine Drachen fliegen. Sie sind gerade mal so groß wie ihr Unterarm. „Hey, ihr Kleinen!" Sie streckt ihre Hand aus. Einer der drei traut sich ein wenig runter. Mit der Schnauze berührt er Dais Hand. Diese kichert und zieht sie zurück. Der Drache fliegt zu seinen Artgenossen und zusammen fliegen sie davon. „Auf den Drachen wird das Fliegen etwas schwierig, meint ihr nicht auch?", witzelt Pëp. Der Rest lacht ausgelassen. Dai guckt sich um. Drachen, wo sie auch hinguckt. Relativ nah bei ihnen ist ein See. Sie beschließen, dort ihr Lager aufzuschlagen. Sie machen ein Feuer, Dai schwimmt ein paar Runden in dem See, um ihre Schmerzen, die an ihrem ganzen Körper zehren, zu lindern, und dann schwärmen sie aus, um zu jagen. Schè meint, hier müsse es ja Tiere geben, denn die Drachen müssen ja essen. Außerdem ist es lohnenswert, hier zu leben. Das klang einleuchtend. Also ist Dai, zusammen mit Iou, um den See gegangen, um dort zu suchen. Schè und Pëp sind nach Westen, weiter weg von der Stelle, an der sie hinuntergekommen sind. Und Tão ist nach Süden. In die Richtung, aus der sie gekommen sind. Dais Erinnerungen bleiben an ihrem Heimatdorf hängen. Damals, als sie es verlassen haben, war sie erst acht, Schè war selbst erst knapp neun Jahre alt. Jünger als sie jetzt. Wenn sie darüber nachdenkt, wie sie sich fühlen würde, mit einer kleinen Schwester das Heimatdorf zu verlassen und auf gut Glück gen Norden zu laufen, in der Hoffnung, einen Meister zu finden, der willig ist, sie aufzunehmen und ihr zu zeigen, wie man mit seiner Kraft umgeht ... „Dai?" Ious Stimme reißt sie aus ihren Gedanken. „Was?" Sie schaut sich um. Sie sind nun etwa 200 Meter vom See entfernt. „Bist du noch da?" Sie nickt und schaut an sich runter, nur um zu prüfen, ob sie auch körperlich voll anwesend ist. „Klar, lass uns weitergehen ..." Iou nickt. Tatsächlich scheuchen sie versehentlich ein paar Vögel auf. „Tiere gibt es hier auf jeden Fall ...", murmelt Iou und schaut den Vögeln nach. Ein riesiger Drache bedeckt für einige Sekunden die Sonne. Er ist groß und breit gebaut. Er scheint so schwer, dass Dai für einige Sekunden zweifelt, ob er überhaupt fähig ist, zu fliegen. Doch trotz seiner Behäbigkeit ist er relativ schwer. Er ähnelt dem Drachen, den Dai schon mal im Traum gesehen hat, doch er ist etwas heller, fast so wie das Gestein und der Sand in der Wüste. Sie hat die Wüste noch nie wirklich selber gesehen, doch es soll dort wohl unerträglich heiß sein. Sie befindet sich außerhalb der Mauern. Das Gestein ist wie Sand, nur fest. Sand kennt sie selber. Diesem Sand ähnelt der Drache. Dai hört ein leises Knacken. Sie geht vorsichtig in die Richtung, aus der das Geräusch kommt. Es ist ein Hase. Ihr Stein trifft seinen Kopf. Für einige Sekunden taumelt er noch vorwärts. Er ist schnell, viel schneller als normale Hasen, selbst mit der tödlichen Kopfverletzung. In einem Kessel voller Drachen muss man schnell sein. Jedoch schafft er nicht mal zehn Meter, dann bricht er zusammen. Dai rennt zu ihm und nimmt ihn mit. Sie laufen zwar noch etwas herum, jedoch finden sie nichts weiter. Sie machen sich auf den Weg zurück zum Lager. Tão nimmt bereits einen der kleinen Drachen aus. „Tão!", ruft Dai. „Du hast einen der Drachen getötet?" Sie wirft ihm einen verständnislosen Blick zu. Er schaut sie an. „Ja ...", sagt er, scheint ihre Aufregung nicht zu verstehen. „Der arme Drache ..." Sie kniet sich neben ihn. „Ist ein Tier ... wie jedes andere auch!" Sie schaut ihn erst an, dann nickt sie. Er hat recht. Sie zieht den Hasen zu sich und beginnt, sein Fell abzuziehen. Tão macht ebenfalls weiter. Iou blickt sich um. „Schè und Pëp haben wohl einen Vogel gefangen ..." Dai dreht sich zu den beiden um. Tatsächlich. Schè hält stolz einen großen Raubvogel in der Hand. „Er hat den Vogel in der Luft getroffen!" Pëp strahlt. „Schè, du Frauenheld!" Iou boxt ihm grinsend in die Seite, wobei Dai glaubt, einen kleinen Funken Neid in seinen Augen zu sehen. Dai fragt: „Wollen wir essen? Ich will unbedingt mehr von diesem Kessel sehen. Vielleicht sehe ich meinen Drachen ja!" Schè verdreht die Augen. „Du Träumerin! Wie willst du deinen Drachen denn erkennen? Du siehst ihn doch erst, wenn er dich ausgewählt hat, und das wird er heute bestimmt nicht mehr tun!" Dais Augen funkeln. „Ich glaube, das hat er bereits!" Sie schaut in vier fragende Gesichter. „Ich ... als wir aus dem Elfendorf gegangen sind ... da hatte ich doch diese Vision. In der Vision war ein Drache. Mein Drache." Alle gucken sie ratlos an. „Ich schwöre es! Er sah so ... vertraut aus. Er hat mich angeguckt und mir in dem Moment, mit diesem Blick Treue bis in alle Ewigkeit geschworen. Ich wusste direkt, dass er mein Drache ist!" Die anderen scheinen weniger überzeugt zu sein. Jedoch belassen sie es dabei. Sie braten Tãos Drachen und Dai schlingt ihr Essen runter. Drache schmeckt besser als gedacht. Schließlich trinkt sie etwas Wasser und macht sich auf. Die anderen wollen das Lager aufbauen, Holz suchen und nach essbaren Dingen suchen. Doch Dai weiß, dass ihr Drache hier irgendwo ist. Und er wartet auf sie.

Sie sucht stundenlang nach ihm. Sie sieht zwei, drei Drachen, die ihrem ähnlich sehen, doch der rostfarbene Drache, der sie ein wenig an einen Sonnenaufgang erinnert, ist nirgends zu finden. Doch als die Sonne untergeht, kehrt sie deprimiert zum Lager zurück. Die vier anderen haben schon gegessen. Vor Dai liegt ein Stück Fleisch, dazu Ingwer, ein paar Haselnüsse und etwas, das Dai schon lange nicht mehr gegessen hat: Gurke. Lustlos isst sie ihr Essen. „Dai, sei nicht traurig. Dein Drache wir dich schon finden!" Schè legt ihr ermutigend eine Hand auf die Schulter. Tão betrachtet sie stumm. Sie erwidert seinen Blick. Fast hat sie das Gefühl, er würde ihr glauben. „Das war bestimmt bloß ein Traum!" Pëp lächelt. Dai will gerade etwas erwidern, da meldet sich Tão endlich zu Wort. „Nein, war es nicht!" Alle schauen ihn an. „Ich denke nicht. Erinnert ihr euch, was ich gesagt habe? Die Götter haben uns den Segen unserer Drachen gegeben. Und das, bevor wir überhaupt im Kessel waren. Wäre es da nicht möglich, dass Dai ihren Drachen zuvor gesehen hat?" Er wendet sich an sie. „Dai, was hat der Drache gesagt?" Sie erinnert sich an die Worte, als wären sie erst gestern gesagt worden. „Dai, ich weiß, du verstehst das alles nicht, aber hab keine Angst. Bald wird dir alles klarer sein. Hab keine Angst, dein Drache beschützt dich. Doch du musst dich beeilen, verlasse das Dorf. Das Licht weist dir den Weg, sei unbesorgt. Doch du musst die Schuld abwerfen und gehen!", rezitiert sie einwandfrei. „Dein Drache wird dich beschützen, mmh ... Klingt nicht grade, als würde der Drache dich aussuchen müssen. Ihr seid füreinander bestimmt. Er wird dich beschützen ..." Tão murmelt noch etwas vor sich hin, was keiner versteht. Pëp schaut Dai an. „Dai! Warum hast du das nicht viel früher erzählt? Aber was mich wirklich interessiert, ist ... Warum das Ganze? Warum der Traum, deine Visionen, dieses Gerede von einem ‚Krieg' und der Streit zwischen Niel und Noa ..." Dann scheint ihr etwas einzufallen. „Dai ... erinnerst du dich noch an die Vision im Dorf der Elfen? Du hast etwas von Krieg erzählt! Ich mein, warum sollte es kein Zeichen gewesen sein? Du hast auch Wölfe gehört ... und dann sind wir Yonae mit ihren Wölfen über den Weg gelaufen!" Nur zu gut erinnert sich Dai an ihre erste, schreckliche Vision. Vielleicht hat Pëp recht ... Die fünf überlegen, doch kommen zu keinem Ergebnis. „Na ja, lasst uns wann anders darüber reden. Ich möchte morgen gern bei Sonnenaufgang weitersuchen. Ich muss ihn finden!" Zum Glück scheinen ihr Pëp und ihr Bruder wirklich langsam zu glauben. „Gut. Wir werden dich begleiten. Vielleicht ist die Chance dann größer, dass unsere Drachen uns finden!" Dai hat keine Ahnung, wie so eine Zähmung genau abläuft. Sie weiß nur, dass ein Drache einen finden muss, vertrauen fasst, man dann das erste Mal auf ihm reiten muss und zuletzt den Segen der Götter erhält. Allermeistens erhält man diesen auch. Dai isst das letzte Stück Gurke und legt sich hin. Zuerst muss sie daran denken, dass ihr Drache ihr vertraut. Er ist ihr treu. Bei dem Gedanken muss sie lächeln. Wie wird sie ihn nennen? Sie schließt die Augen. Ihre Mutter hat ihr und Schè früher immer von den Sonnenreitern auf ihren fliegenden Pferden erzählt. Dego. Sonnenaufgang. Sie denkt an seine Schuppen, die tatsächlich an einen Sonnenaufgang erinnern. So wird sie ihn nennen: Dego. Eine Welle von Euphorie erfüllt sie. Mit einem guten Gefühl, als würde sie jemand umarmen, sie in seine Wärme einhüllen, so, als würde sie sich nie mehr fürchten, weil immer jemand da ist, auf den sie bauen kann, schläft sie ein.

Die Sonne geht auf und weckt sie mit einem kräftigen Strahl. Sie knabbert an einem Stück Ingwer, während sie mit einem Stock das Feuer schürt, damit es nicht ausgeht. Die anderen schlafen noch. Nachtwachen brauchen sie nicht. Sie vermuten nicht, dass es hier natürliche Fressfeinde gibt. Beißer werden sich nicht hierher trauen, die Drachen sind allesamt friedlich und sonst gibt es keine gefährlichen Tiere. Hoffen sie jedenfalls. Dai geht zum See. Während sie sich wäscht, beobachtet sie auf der anderen Seite etwas Großes, das am See sitzt und scheinbar trinkt. Erst nach ein paar Momenten registriert sie, dass das Ding nicht trinkt, sondern sie beobachtet. Und dass es ein Drache ist. Sie reckt den Kopf. Der Drache tut es ihr gleich. Dann steht er auf und schlägt, zuerst leicht, dann immer stärker, mit den Flügeln. Er spannt seine Muskeln an und hebt ab. Seine mächtigen und riesigen Flügel wirbeln etwas Sand und Erde um sie herum auf. Sie braucht etwas, bis sie erkennt, dass es ihr Drache sein muss. Sie springt auf. Der Drache vollführt eine geschmeidige Wendung, dann gleitet er einige Meter weg von ihr. Sie rennt, was das Zeug hält. Sie umrundet den See und folgt dem Drachen am Himmel. Irgendwann landet der Drache direkt vor ihr. Sie bremst abrupt und sieht, wie das mächtige Geschöpf sich vor ihr hinlegt. Sie lächelt. Sie macht ein paar Schritte auf ihn zu. Er ist im Liegen so groß wie ein Pferd, doch sein langer Schwanz und seine mächtigen Flügel lassen ihn riesig wirken. Sie kniet sich vor seine Nase und berührt diese mit der Handfläche. Er drückt seine Schnauze leicht gegen ihre Hand. Sie grinst. Sie hat ihn endlich gefunden. Der Drache steht auf. Sie braucht nur noch ihre Lenkel. Wie soll sie ihn nur nennen? Schon immer hat er sie an einen Sonnenaufgang erinnert. Sie kramt in ihrem Gedächtnis. In der alten Priestersprache heißt Sonnenaufgang … Sie schaut ihn an. „Dego?" Der Drache reißt den Kopf hoch. Ihm scheint der Name zu gefallen. Sie lächelt. „Komm mit, Dego!" Sie läuft los. Der Drache scheint sie tatsächlich zu verstehen, denn er folgt ihr. Sie geht zu dem See. „Da, da ist mein Lager! Soll ich dir meine Freunde vorstellen?" Sie läuft um den See zu den schlafenden Gestalten. „Leute!" Sie hört Gebrumme, einige regen sich in ihren Schlafsäcken. „Hey! Wacht auf!" Schè ist es, der zuerst den Kopf hebt. „Dai, ich …" Sein Blick wandert zu Dego. „Oh …" Er ist zuerst leicht erschrocken, dann rüttelt er an der neben ihm schlafenden Pëp. Diese ist auch erst zu verschlafen, um die Situation zu begreifen. Iou und Tão wachen ebenfalls auf. „Dai! Du hast ihn gefunden!" Iou findet zuerst die Sprache. Er schält sich aus seinem Schlafsack und läuft zu ihr. „Glückwunsch! Und was für ein schöner Drache!" Sie schaut zu ihm. Jetzt, wo er so machtvoll neben ihr steht, wirkt er noch viel größer. Er ist etwa eineinhalb Meter hoch und allein sein Körper ist so lang, dass Dai locker zweimal auf ihm schlafen könnte. Sein Schwanz ist nochmal etwa zwei Meter lang. „Wow, Dai …" Schè kneift die Augen zusammen, um ihn besser sehen zu können. Dann lächelt er aber und sagt: „Mensch, der ist echt schön! Wie heißt er denn?" Auch Pëp hat sich wieder gefangen. Tão scheint die Sache, wie eigentlich immer, wenig zu stören, und wenn, dann zeigt er es nicht. „Dego!", verkündet sie stolz und beobachtet Schès Reaktion auf den Namen. Dessen Mine wird zuerst ernst, dann lächelt er breit. „Der Name ist wunderschön und passt perfekt zu ihm!" Sie lächelt überglücklich. Alle machen sich fertig und machen sich Essen. Dego scheint wohl jagen zu gehen, denn als sie alle ihr Fleisch braten, fliegt er los. Am liebsten wäre Dai sofort mit ihm mitgeflogen. Doch sie muss warten. Bis sie ihre Lenkel hat. „Sag mal, Pëp. Weißt du was über die Lenkel?" Pëp schluckt ein Stück Gurke runter und erklärt: „Musst du dir selber machen. Ist ganz einfach. Du brauchst nur Lianen, aber die findest du hier überall. Dann musst du sie flechten, sie deinem Drachen um die Nase binden, und dann hast du die Lenkel ..." Dai nickt. Sie beschließt, den Tag zu nutzen, um genug Lianen für alle zu sammeln. Während die anderen ihre Drachen zähmen, kann sie dann die Lenkel flechten und mit Dego kuscheln.

Als sie fertig sind, beschließen die anderen, ein wenig die Gegend zu erkunden. Dai läuft um den See, da sie dort Lianen gesehen hat. Sie sammelt ein paar von ihnen und kehrt zurück. Dort macht sie sich daran, die Lianen geschickt zu verknoten, sodass sie stark und widerstandsfähig sind. Gegen Mittag ist sie mit dem ersten Lenkel fertig. Sie nimmt ihn und probiert ihn bei Dego aus. „Wow, er passt perfekt. Er steht dir, kleiner Dego!" Dego drückt seinen Kopf gegen ihre Brust. Sie lächelt und kuschelt sich an ihn. Schon von weitem hört sie Schès Stimme. „... Sie stand vor mir und hat mich angeguckt. Ein bisschen haben wir uns angeguckt, dann ist sie abgehauen ... sie war wunderschön! Ich glaube, sie hat mich gefunden. Ich glaube, es war ein Ankarā ..." Als sie ihn sieht, muss sie kichern. Total aufgeregt läuft er um Pëp, Tão und Iou herum. Als er Dai sieht, läuft er zu ihr. „Dai! Ich glaube, ich habe meinen Drachen gesehen! Sie war das schönste Wesen, das ich jemals gesehen habe ... Nichts gegen dich, Dego!" Er lächelt Dego an. Doch dann lässt er sich neben Dai fallen. „Ich hoffe, sie nimmt mich an ..." Dai lächelt ihn an. „Wird sie schon, Schè!" Sie nickt ihm aufmunternd zu. Er nickt. „Die Lenkel sind schön geworden!", sagt Pëp und geht zu

Dego. Sie nimmt die Seile aus den Lianen in die Hand. „Wirklich schön!", murmelt sie und streicht darüber. Dai lächelt. „Danke! Hat mich den ganzen Vormittag gekostet! Ich … ich werde direkt weitermachen! Für den Nächsten, der sie braucht!" Doch zuerst müssen sie etwas essen. Tão scheint wenig Interesse an dem Essen zu haben. Sein Blick verfolgt die ganze Zeit schon den großen schwarzen Drachen am Himmel. Dai beobachtet ihn ein bisschen. Er kommt manchmal etwas näher, manchmal fliegt er weg, doch auch der Drache betrachtet sie die ganze Zeit. „Darkâ. Schwarz. Lautlos. Tödlich. Diese Dinger sind ein Glücksgriff. Nur wenige haben je einen gesehen. Früher griffen sie ganze Dörfer an, stahlen das Vieh und töteten jeden, der sie aufzuhalten versuchte. Doch seit der Mondstein eingestürzt ist, leben sie hier. Es gibt nur wenige von ihnen. Wie gesagt, die sieht man nicht alle Tage. Und sie suchen sich ihre Reiter weise. Sie spielen gern mit ihnen. Man muss klug, ausdauernd und ohne Skrupel sein, um sie zu beeindrucken und zu zähmen. Dagegen sind die anderen Drachen ein Witz. Aber sie sind wie gesagt eine Trophäe …" Während Pëp ein paar Fakten zu den schwarzen, berechnenden Drachen auspackt, bereiten Dai und Iou Essen vor. „Und? Schon eine Ahnung, wie dein Drache sein könnte?" Iou schüttelt den Kopf. „Ein paar Drachen haben schon den Kopf zu mir gedreht, doch wirklich Interesse hatte keiner. Aber wir sind noch nicht so lange hier. Wir werden bestimmt einen Drachen für mich finden. Du weißt doch, jedes Kind der Götter hat einen Drachen, der für es bestimmt ist …" Dai nickt zuversichtlich. Sie dreht sich zu Dego, welcher jedoch weg ist. Wo er wohl ist … Sie schaut wieder zu den anderen. Sie sehen fertig aus. Sie lehnt sich zurück und beginnt mit dem nächsten Lenkel. Dabei erhascht sie mehrmals einen Blick auf den schwarzen Drachen. Er hat die fünf genau im Blick. Wie auf Patrouille überfliegt er sie.

Den Rest des Tages ruhen sie sich zuerst aus, dann, als die Sonne schon untergegangen ist, will Schè mit Dai zu der Stelle gehen, wo er das Drachenweibchen getroffen hat. Doch es ist nicht wieder aufgetaucht. Enttäuscht kehren sie dann zurück. Pëp und Iou sitzen zusammen am Feuer und Tão sitzt etwas abseits und sucht den Nachthimmel ab. Dai geht zu Iou und Pëp. „Hey Dai. Pëp und ich haben beschlossen, morgen den Weg nach oben zu gehen. Von da oben haben wir einen besseren Blick auf den Kessel. Du hast Dego, Schè hat seine Drachendame, Tão guckt schon den ganzen Tag diesem Darkâ hinterher und wir haben immer noch keine Ahnung, was für einen Drachen wir bekommen werden …" Dai fragt: „Soll ich euch begleiten? Ich meine, ihr werdet doch bestimmt da oben übernachten …" Doch Iou winkt ab. „Keine Angst, wir schaffen das!" Dai nickt, ist jedoch weniger überzeugt. „Macht sich da jemand Sorgen?", fragt Pëp und wirft ihr einen vielsagenden Blick zu, den Iou zum Glück nicht sieht. Sie wird leicht rot. Pëp steht leise auf und geht zu Schè. Dais Blick wandert in den Nachthimmel. „Schè meinte, die Lichter am Himmel seien verstorbene Seelen …" Ein dunkler Schatten legt sich über Ious Gesicht. Er senkt den Kopf und gibt ein Geräusch von sich, halb Stöhnen, halb Seufzen. „Was ist los?", fragt Dai und schaut ihn besorgt an. „Nichts, es ist … einfach … nichts …" Dai schüttelt ungläubig den Kopf. „Hab ich was Falsches gesagt?" Er schüttelt den Kopf. „Ich will nicht darüber reden!" Dai versucht es noch einmal. „Du kannst ruhig …" „Ich will nicht darüber reden!", faucht ihr Iou dazwischen. Gekränkt schaut ihn Dai an. Er verzieht sein Gesicht. „Es geht dich nichts an, okay?" Sie erwidert: „Tut mir leid, wenn ich mich dafür interessiere, wie du dich fühlst. Ich mag dich halt! Tut mir leid, wenn dich das stört!" Sofort bereut Dai ihre Worte. Sie waren etwas zu hart, so wollte sie es eigentlich nicht formulieren, doch nun kann sie es nicht mehr rückgängig machen. Einige Sekunden starrt Iou sie an, halb geschockt, halb gekränkt. Tränen blitzen in seinen Augen auf. Dann springt er auf und rennt weg. Dai schaut auf. „Iou! Iou, komm zurück!" Doch er verschwindet in der unendlichen Dunkelheit. Sie flucht leise. Was hat sie sich nur dabei gedacht? Sie will ihm schon hinterher, doch sie lässt es. Sie ist zu weit gegangen. Traurig nimmt sie einen Ast und ihr Messer. Wütend auf sich selbst rammt sie das Messer in den Ast und verpasst ihm so eine Kerbe. Sie wiederholt dies, bis der Ast kaum noch als Ast zu erkennen ist. Dann steht sie auf und legt sich hin. Tränen schießen in ihre Augen. Sie hätte niemals so grob zu ihm sein dürfen. Hat er jemanden verloren? War er deswegen so traurig? Sie würde sich am liebsten dafür schlagen. Es war dumm von ihr, ihn so anzuschreien. Sie beschließt, sich bei ihm zu entschuldigen. Ein leises Schluchzen entfährt ihr. Plötzlich denkt sie wieder an den Zwischenfall im Laden. Damals hätte sie fast Miol und Schè verloren. Oder sich selbst. Sie schluckt, wenn sie an die unheimliche Macht denkt, die durch sie geflossen ist. Weil sie wütend wurde. Und wenn das vorhin nochmal passiert wäre? Wenn sie sich in die Sache reingesteigert hätte? Ein Schauder durchfährt sie bei dem Gedanken daran. Vielleicht hätte sie dieses Mal wirklich jemanden getötet. Weitere Tränen brennen in ihren Augen, die erste löst sich und rollt über ihre heißen Wangen. Sie krallt sich in das Fell in ihrem Schlafsack. Wie sehr wünscht sie sich die schützenden Arme von Miol wieder ... Mit ihren Gedanken bei Miol schläft sie ein.

Tags drauf ist sie wieder die Erste, die aufwacht. Dego liegt neben dem Lager, scheint ein schützendes Auge auf die Gruppe zu werfen. Leichte Rauchwolken steigen aus seinen Nasenlöchern. Sie geht zu ihm. „Guten Morgen, Hübscher!" Sie gibt ihm einen Kuss auf die Nasenspitze. Er hebt wohlwollend den Kopf und stupst sie vorsichtig an, dabei schnauft er leicht, sodass ihr rötliches Haar in die Luft wirbelt. Sie lächelt und schaut ihre Freunde an. Dann beschließt sie, den Raubvogel zum Frühstück zu machen. Doch zuerst geht sie auf die andere Seite des Sees. Sie meint, dort Zwiebeln gesehen zu haben. Und tatsächlich findet sie welche. Sie rupft die Knollen aus dem Boden und wäscht sie im See. Dann geht sie zurück. Auf ihrer Reise haben sie kaum Gemüse gefunden. Nur in Dörfern werden sie angebaut. Früchte gibt es noch seltener. Die Erde hat relativ wenige Nährstoffe und ist sehr unfruchtbar. Bäume, Gräser und Pilze nehmen den Pflanzen die Nährstoffe und das Licht zum Wachsen. Doch hier in dem Kessel muss der Boden sehr fruchtbar sein. Außerdem wachsen hier nur wenige hohe Bäume, dafür viele kleinere Pflanzen. Sie kehrt zum Lager zurück und nimmt den Raubvogel. Tão muss ihn gestern Abend ausgenommen haben, denn er ist schon von seinen Federn befreit. Außerdem fehlen ihm Teile seines Fleisches. Doch Dai macht sich nichts draus und beginnt, kleine Stücke aus seinem saftigen Fleisch herauszuschneiden. Dann schneidet sie die Zwiebel und steckt sie abwechselnd mit dem Fleisch auf ein paar Stöcke. Anschließend brät sie diese über der Glut. Sie legt ein paar Äste nach, doch die Glut scheint zu schwach, um sie anzuzünden. Dego beugt sich zu ihr. Sie hört ein Rascheln, dann öffnet er den Mund und pustet eine kleine Flamme in die Glut. Die Äste fangen Feuer. Dai schaut ihn erstaunt an., Wow ... Dego ..." Sie lächelt. Drachen, die Feuer machen können? Bei Gelegenheit fragt sie Pëp, wie das funktioniert. Während die Spieße braten, nimmt sie die restlichen Gurken und den Ingwer, zusammen mit Rosmarin, Zwiebeln, schneidet alles klein, nimmt Honig und mischt alles zusammen. Dann verteilt sie den Mix auf Blättern, legt je einen Spieß dazu, verziert das Ganze mit Petersilie und richtet es an. Von dem Duft angelockt wachen die anderen auf. Während des Essens redet keiner.

Iou und Pëp bereiten ihre Reise vor, während Dai mit Schè nach seinem Drachen sucht. Was Tão macht, weiß Dai nicht. Nach etwa einer Stunde kehrt Dai wieder zurück, um an den Lenkeln zu arbeiten. Außerdem teilt sie das Fleisch auf. Die eine Hälfte trocknet sie, die andere brät sie an. Es juckt ihr in den Fingern, ihren ersten Ritt auf Dego zu machen, doch sie hat sich damals, vor vier Jahren, mit Schè geschworen, nur mit ihm ihren ersten Ritt zu machen. Sie kuschelt ein wenig mit Dego, dann macht sie mit den Lenkeln weiter. Gegen Mittag kommt Tão wieder zurück. Er kommt mit leeren Händen, doch lässt sich seine Enttäuschung nicht anmerken. Er nimmt sich eine Handvoll Fleisch und setzt sich, etwas abseits, in den Schatten. Schè lässt sich nicht blicken. Dai macht weiter und fühlt sich so einsam wie noch nie. Pëp und Iou sind auf dem Weg auf den Rand des Kessels, Schè ist auf der Suche nach seinem Drachen und Tão sitzt da hinten, im Schatten eines Baumes, und will anscheinend seine Ruhe haben. Miol ist weit weg im Dorf der Elfen, ihre Eltern sind noch weiter weg und Dai kann sich nicht erinnern, jemals so weit von ihren Geliebten entfernt gewesen zu sein. Die physische Distanz ist nicht so schlimm. Aber sie fühlt sich allein gelassen von jedem. Und das ist ihre Schuld. Sie seufzt. „Keine Zeit für Selbstmitleid!", sagt sie sich und knüpft die Lenkel. Und trotzdem nagt das Gefühl von Leere an ihr. Sie lehnt sich gegen Dego. Den ganzen Nachmittag sitzen sie so da, teilen sich eine Portion Fleisch, dazu die Reste des Ingwers und Wasser. Als Schè am Abend immer noch nicht da ist, macht sie sich langsam Sorgen. Dego scheint es ebenfalls traurig zu machen. Während Dai im See schwimmen will, um sich zu beruhigen und all den Stress abzuladen, macht er sich auf die Suche nach Schè. Sie versucht, die Angst um Iou und Pëp, um Miol, um Schè einfach zu vergessen. Als Schè dann schließlich mit Dego auftaucht, ist sie unglaublich erleichtert. „Dai! Es tut mir so leid!" Tão schaut kurz zu ihnen. „Ich habe sie gesehen!" Seine Augen leuchten. „Wir haben uns berührt, doch sie ist wieder weg. Wenn ich sie das nächste Mal sehe, dann hat sie sich bestimmt entschieden!" Dai lächelt. „Ich freu mich ja so für dich, Schè!" Sie umarmt ihn und drückt ihm einen Kuss auf die Wange. Schè erwidert die Umarmung, bis Tão plötzlich auftaucht. „Was ist mit dem Darkâ?", fragt Schè und löst sich von Dai. Tão zuckt gleichgültig die Schultern. „Ich hab ihn heute verfolgt, aber er beobachtet mich nur, wenn ich ihm zu nahe komme, faucht er und fliegt weg. Ich hab es mit dem Raubvogel probiert, aber er will ihn nicht …" Dai schlägt vor: „Vielleicht ist er nicht der Richtige …" Doch Tão erwidert scharf: „Doch, ist er! Er ist der Richtige!" Dann geht er etwas den See entlang, kniet sich hin und trinkt etwas Wasser. Dai betrachtet ihn etwas. „Das erinnert mich an dich!", murmelt sie. Schè grinst still und geht dann zum Lagerfeuer. Dai folgt ihm.

Den restlichen Tag bis zum Sonnenuntergang macht Dai die Lenkel. Schè wartet am Lagerfeuer auf den Drachen. Doch er kommt nicht. „Vielleicht kommt sie morgen!", versucht es Dai. Schè lächelt müde. „Vielleicht …" Dann wandert sein Blick hoch. „Pëp ist immer noch nicht da … Vielleicht übernachten sie dort oben …" Dai nickt. „Hoffentlich passiert ihnen nichts …" Schè nimmt sie in den Arm. „Nein, das wird es nicht … Was ist eigentlich zwischen dir und Iou los?" Dai murmelt leise: „Will

nicht darüber reden …" Sie legt sich auf seinen Schoß und starrt in die gefährlichen Flammen. Ihre Augen sind so schwer, dass sie es kaum schafft, sie offen zu halten. Nach wenigen Minuten ist sie eingeschlafen.
Am nächsten Morgen ist Dai ausnahmsweise nicht die Erste, die wach ist. Tão sitzt am Lagerfeuer und starrt in den Himmel. Wartet er? Sie setzt sich zu ihm. „Morgen Tão!", nuschelt sie verschlafen. Seine Mundwinkel zucken leicht. Er scheint nicht sehr gut drauf zu sein. Dai zieht es vor, ihn nicht zu reizen. Wer weiß, was für eine Kraft hinter seiner Maske steckt. Sie steht wieder auf und geht zum See. Dort wäscht sie sich und trinkt. Dego setzt sich neben sie. „Morgen Großer!" Der Drache scheint der Einzige zu sein, der glücklich darüber ist, dass sie da ist. Sie seufzt. Sie hat sich das Ganze ziemlich anders vorgestellt. Während Dai in Gedanken versinkt, regt sich Dego plötzlich. Er dreht den Kopf zurück. Dai folgt seinem Blick. Ein Drache, etwa so groß wie Dego, lugt aus dem Gebüsch hervor. Seine Gestalt verschmilzt mit der Umgebung. Doch sein Kopf zeichnet sich deutlich im Licht der aufgehenden Sonne ab. Er schaut zu Schè. „Sein Drache …", murmelt Dai und lächelt. Jetzt traut sich der Drache komplett aus dem Versteck. Seine Schnauze ist schmal und endet in einer Art Mähne, die sich bis zu seinem Rücken zieht. Seine Schnauze ist überzogen von einer Art Tätowierung. Lauter Blumen ziehen sich von seinem Auge über die feinen Schuppen. Außerdem besitzt der Drache stark ausgeprägte Sác. Sie sehen aus wie Hörner, nur dass sie elastisch sind. Dego hat die auch, aber das Weibchen vor ihr hat unglaublich schöne Sác. Sie bewegt sich auf Schè zu. Ihr Schwanz ist unglaublich lang und endet in Stacheln. Alles in allem wirkt sie sehr anmutig. Ihre Nase stupst Schè an. Der erwacht ruckartig. Einige Sekunden fixiert sie ihn mit ihrem Blick. Dann hellt sich seine Mine auf. Er setzt sich auf. Sie legt sich hin. Er hebt zaghaft die Hand. Sie legt ihre Nase in seine Handfläche und schließt die Augen. Dai lächelt. Die beiden wirken so harmonisch miteinander. Dai schaut zu Dego. Dieser erwidert ihren Blick. Dann schaut sie zu Tão. Er scheint Frühstück zu machen. Doch Dai hat keinen Hunger. Sie steht auf. Sie beschließt,

einen kleinen Spaziergang zu machen. Sie läuft los. Dego folgt ihr. So gehen die beiden ein wenig im Kessel umher. „Dego?" Sie lehnt sich gegen den Drachen. „Was tut man, wenn man sich zwischen zwei Dingen entscheiden muss, aber Angst hat, die falsche Entscheidung zu treffen?" Sie denkt an Schès Worte. Dass sie sich schon längst entschieden hätte. „Ich ... ich weiß ja noch nicht mal, was ich überhaupt entscheiden muss. Bei wem ich bleibe? Wen ich liebe? Ich versteh es einfach nicht ..." Sie überlegt. „Die Antwort ist in mir? Mmh ..." Was sagt ihr Inneres?" Was ist überhaupt Liebe? Ich muss immer an Miol denken. Der Gedanke an ihn bringt mich immer zum Lächeln. Ich stelle mir seine Umarmung vor und fühle mich direkt getröstet. Ich vermisse ihn ... Bedeutet das Liebe? Ja, dann bin ich verliebt. Ich bin verliebt in Miol!" Plötzlich ergibt alles Sinn. „Ich habe mich in Miol verliebt! Danke, Dego!" Der Drache scheint zwar nicht zu verstehen, wofür sie sich bedankt, aber er wirft ihr einen warmen Blick zu. Die Schmetterlinge flauen langsam ab. Sie dreht um und geht zurück ins Lager. Dort sind mittlerweile Pëp und Iou eingetroffen. „Morgen, ihr beiden!", begrüßt sie Dai. Ihr Blick liegt auf Iou, welcher sie keines Blickes würdigt, und die ganze Wucht des Streites trifft sie in der Magengrube. Sie wendet sich schnell ab und setzt sich ans Lagerfeuer. Pëp lässt sich neben sie fallen. „Hey Dai!" Dai fragt: „Und? Was gesehen?" Pëps Augen leuchten auf. „Ich habe einen Drachen gesehen. Er ist bis zum Rand geflogen und hat uns mindestens eine Stunde beobachtet. Ich habe sie zuerst gar nicht bemerkt, doch dann haben wir überlegt, ob sie jemanden von uns ausgesucht hat, und wen. Iou ist dann einige Meter weggegangen. Ich bin auf sie zu, doch sie ist abgehauen. Ich denke, sie wollte zu mir. Dai! Vielleicht kommt sie noch einmal wieder!" Ihre Augen funkeln wie Bernstein. Ehrlich interessiert umarmt sie sie. Dann nimmt sie etwas von dem getrockneten Fleisch und isst es. Pëp tut es ihr gleich. Schè und Iou stehen bei Laz. Dann kommt Schè zu ihnen. „Hallo, ihr beiden!" Er setzt sich hinter Pëp, teilt ihre Haare im Nacken, um sie über ihre Schultern zu legen, und beginnt, sie zu massieren. „Schè! Du bist ein Schatz!" Sie schließt zufrieden die Augen und drückt ihren Rücken durch. Schè drückt ihr einen liebevollen Kuss auf die Wange und drückt seine Daumen sanft in ihre Schulterblätter. Dai beobachtet die beiden lächelnd. Seine Hände, die so grob und groß sind, wirken plötzlich so zärtlich. Sie denkt an die schweren Bäume, die er und Vater immer gefällt haben, die harte Arbeit auf dem Feld. Doch nun ist er ganz vorsichtig, als wäre Pëp aus Glas. Na ja, ein bisschen wirkt es so, mit ihren schmalen, mageren Schultern. Generell wirkt Pëp so dünn und zerbrechlich. Ihre braunen Haare umspielen sanft die Wangen ihres großen Kopfes, der ein wenig fehl am Platz wirkt. Und auch wenn sie etwas knochig wirkt, sind ihre Bewegungen elegant und geschmeidig. Alles in allem ist sie wirklich eine wahre Schönheit. Schè hat aufgehört, sie zu massieren, und legt seinen Kopf auf ihre Schultern. „Ich hab gehört, du hast einen Drachen gesehen?", fragt er. Sie schaut ihn grinsend an und legt dann ihren Kopf an seinen. „Ja. Einen blauen. Sie sah aus wie ein Saphir. Ich glaub, wenn ich sie gezähmt habe, nenne ich sie Vio!" Dai erinnert sich. In der alten Priestersprache bedeutet Vio Saphir. Sie hat noch nie einen gesehen, doch wenn Pëp sagt, sie war blau … Ein Schatten lässt Dai zusammenschrecken. Ein großer schwarzer Drache fliegt über sie hinweg. Er fliegt so niedrig, dass Dai ihn im Stehen fast berühren könnte. Tão, der um einiges größer als Dai ist und zuvor unter seinem Baum saß und seinen Lenkel geknotet hat, springt nun auf und beobachtet den Drachen. Dieser segelt haarscharf an ihm vorbei. Tão sprintet ihm hinterher. Dai schaut ihm nach. Dem Blätterrascheln nach zu urteilen scheint er gelandet zu sein. Sie vernimmt ein aggressives Fauchen und einen Schrei, der Tão gehört. Dai hat ihn nie lauter als ein leises reden gehört. Sie dachte, er wäre nicht fähig, lauter zu reden, doch anscheinend wohl doch. Dann hört sie Geräusche, die nach einem Kampf klingen. Pëp flüstert leise: „Klingt, als ob Tão ihn nun zu seinem Glück zwingen wolle … Ob der Drache sich das gefallen lässt?" Schè zuckt mit den Schultern und schlingt seine Arme um sie. Dai schaut ins Gebüsch. Ein paar Farnwedel fangen an zu schwingen, schließlich bricht Tão daraus hervor. Er hat dem Darkâ die

Lenkel umgeschnallt und kämpft nun mit ihm. Der Drache will losfliegen, doch Tão schmeißt sich auf ihn. Er schüttelt sich und schafft es tatsächlich, Tão abzuschmeißen. Tão nutzt die Chance und wickelt das Seil um den Baum. Obwohl der Drache sehr groß ist, schafft er es nicht, sich von dem Baum loszulösen. Tão setzt sich auf den Boden, in sicherem Abstand zu dem wütenden Drachen, und beobachtet ihn. Iou, der die ganze Zeit bei Schès Drachen gestanden hat und das Treiben interessiert verfolgt hat, geht nun zu Dai und den anderen. Demonstrativ setzt er sich so neben Schè und Pëp, dass er Dai nicht sieht. Sie wirft einen Blick auf ihn und ihr Herz macht einen Sprung. Obwohl sie sich für Miol entschieden hat, tut es ihr leid. Sie will nicht mit Iou streiten. Doch sie weiß, dass es an ihm liegt. Er muss ihr verzeihen. Sie kämpft mit den Tränen, während sie Tão beobachtet, der immer noch versucht, den Drachen zu besänftigen. Sogar die Lenkel halten dem stürmischen Temperament des Drachen stand. Ipo meinte mal, dass Lenkel, sobald sie geflochten wurden, eine Art magisches Band darstellen, das die Beziehung eines Reiters zu seinem Drachen zeigt. Das Band reißt nur, wenn der Drache den Reiter betrügt oder einer stirbt. Ersteres tritt nie ein. Beide sind sich bis in den Tod treu.

    Gegen Abend hat der Drache eingesehen, dass er nichts tun kann. Er zieht sich, soweit die Lenkel es erlauben, in den dichten Farn zurück. Tão legt sich an seinen Baum. Dai muss zugeben, die beiden passen gut zusammen. Sie schaut zu Dego. Das Weibchen hat sich neben Dego niedergelassen. Schè schaut sie an. „Sag mal, was hältst du von Laz? Ihre wunderschönen Tattoos gefallen mir!" Das Weibchen scheint begeistert. Sie flattert leicht mit den Flügeln und wirft den Kopf in die Luft. Schè grinst. Sie unterhalten sich ein wenig über die Drachen, doch Pëp und Iou gehen schon früh in ihre Schlafsäcke. Schè und Dai sitzen noch ein wenig nebeneinander. Dann beginnt Schè: „Was ist eigentlich mit Iou los? Was hat er getan? Muss ich ihm den Kopf abreißen, oder warum redet ihr nicht mehr?" Dai schmunzelt. Schè würde beinahe alles für sie tun. Sie antwortet: „Es ist meine Schuld. Doch ich fürchte, er verzeiht mir nicht mehr. Was auch immer ich getan habe ..." Das Letzte murmelt sie so leise, dass Schè es nicht versteht. „Keine Angst, kleine Dai. Das wird er schon! Glaub mir, er wird!" Es versetzt ihr einen Stich. „Ja, vermutlich ...", murmelt sie weniger überzeugt und steht auf, um zu ihrem Schlafsack zu gehen. „Dai?" Sie dreht sich zu ihrem Bruder, der nun allein vor dem Feuer sitzt. „Denk nicht zu viel darüber nach. Genieße die Zeit hier!" Dai nickt leicht. Dann legt sie sich hin und versinkt in einen tiefen, traumlosen Schlaf. Als sie am nächsten Tag aufwacht, sind schon alle wach. Sie tapst zu ihren Freunden ans Lagerfeuer. Sogar Tâo scheint bessere Laune zu haben, sofern man das an seinem Gesicht ablesen kann. Sie setzt sich hin. Sie verspeist ein paar frische Beeren. Pëp will unbedingt Vio suchen. Schè begleitet sie. Iou geht auch los. Dai bleibt zurück und sitzt an dem Feuer. Tâo geht wieder zu seinem Darkâ. Dai braucht eine Stunde, um sich aufzuraffen, etwas zu tun. Sie beschließt, mit Laz und Dego herumzulaufen. Sie fährt über die Male, die an Blumen erinnern. Sie sieht wirklich schön aus. Pëp, Laz ... die beiden wichtigsten Mädchen in Schès Leben ... sie nimmt Dego und Laz und läuft mit ihnen herum. Auf einer kleinen Wiese rennt sie mit ihnen herum und spielt fangen, wobei Dai kaum eine Chance gegen die beiden Drachen hat ...

Am Mittag fangen die beiden Drachen einen der kleinen Drachen für sie alle. Dann laufen sie ein kleines Flussbett entlang, das nicht viel mehr als ein kleiner Bach ist, vielleicht so breit wie ihr Fuß. Sie zieht ihre Schuhe aus und läuft ein paar Meter durch das Wasser. Dann trinken sie und laufen zurück. Am Abend sind sie zurück im Lager. Pëp präsentiert ihr voller Stolz Vio. Tatsächlich ist sie wunderschön. Blau und unglaublich schlank. Sie sieht wunderschön aus. „Sie ist wunderschön!", flüstert Dai und umarmt ihre beste Freundin. Die beiden kennen sich erst seit ein paar Wochen. Und trotzdem fühlt es sich wie eine Ewigkeit an. „Dai ... Pëp und ich haben überlegt, ob wir morgen zusammen unseren ersten Flug wagen. Tâo braucht noch einige Tage für den Darkâ und Iou ist auch der Meinung, dass wir schon einmal fliegen sollten. Ist das für dich okay?" Sie schaut zu Tâo, der am Baum sitzt, und Iou, der am Feuer sitzt und in die Flammen starrt. „Klar. Dann ... dann sind wir morgen vielleicht schon zuhause ..."

An diesem Abend kann Dai kaum schlafen. Sie wälzt sich eine gefühlte Ewigkeit hin und her, denkt an ihren ersten Flug morgen, an die vielen Stunden, die sie morgen fliegen muss, und ihr Wiedersehen mit ihrer Familie ... Schließlich schläft sie ein. Doch nur wenige Stunden später wecken sie Schè und Pëp. Sie müssen packen. Nach dem ersten Flug müssen sie den Segen der Götter abholen und dann können sie fliegen. Sie nimmt ihren Schlafsack, rollt ihn ein und befestigt ihn an ihrem Rucksack. Als sie fertig sind, nehmen sie ein bisschen Proviant mit und frühstücken ein wenig. Dann legen sie ihren Drachen die Lenkel an. Dai streift das Seil sanft über die schuppige Nase ihres Dego. Er schnauft gutmütig und scheint bereit zu sein, sich mit ihr in die Lüfte zu erheben. Sie schwingt sich auf seinen Rücken. Seine Muskeln spielen unter ihren Schenkeln, sie scheinen sich darauf vorzubereiten, mit ihrem neuen Gewicht in die Luft zu fliegen. Sie schaut zu ihren Begleitern. Pëp nickt ihr zu, Schè scheint ebenfalls bereit zu sein. Plötzlich erheben sich die großen, kräftigen Schwingen ihres Drachen in die Luft. Ein paar Mal schlagen sie kräftig, dann stößt er sich ab. Sein volles Gewicht plus ihres erhebt sich majestätisch in die Luft. Das kleine Lager wird immer kleiner, je höher die beiden fliegen. Als sie eine nicht unbeachtliche Höhe erreicht haben, stößt sich Dego ab und fliegt geradeaus. Der Wind pfeift ihr um die Ohren, sie stößt einen jubelnden Laut aus. Sie presst ihre Schenkel gegen seine Schultern und krallt sich an den Lenkeln fest. Sie navigiert ihn nach links, nach rechts, und er gehorcht ihr sofort. Sie zieht die Lenkel hoch und der Drache schießt in die Luft. Als sie sich an die Höhe und die Geschwindigkeit gewöhnt hat, schaut sie sich um. Alles ist plötzlich so klein. Sie erkennt Schè und Pëp. Pëp scheint ebenfalls viel Spaß zu haben, Schè dagegen scheint die Höhe nicht so geheuer zu sein. Laz fliegt ganz sanft, sodass er sich entspannen kann. Dai drückt sich gegen den Nacken des Drachen. Er ist drauf und dran, wieder runterzufliegen. Sie nimmt die Lenkel kurz und bereitet sich auf den Sturzflug vor. Den ganzen Weg erlebt sie in Zeitlupe, wie eine Art Rausch. Als Dego dann ganz sanft auf dem Rand des Kessels landet, klopft ihr Herz wie wild. Sie steigt mit zitternden Knien von Dego ab und geht zu Pëp und Schè. „An die Höhe gewöhne ich mich noch ...", murmelt Schè, selbstsicherer als er in Wahrheit ist. Sie schaut in den Himmel. „Und jetzt?" Pëp antwortet: „Wir müssen uns den Segen abholen. Dazu müssen wir „Ego Drãc repitiro, Drãc me est" sagen. Das bedeutet in der alten Sprache so viel wie „Ich hab den Drachen ausgesucht, der Drache ist mein!" Mit etwas Glück erhalten wir dann ein Zeichen!" Dai fragt: „Was für ein Zeichen?" Pëp erwidert: „Das stand nirgendwo ..." Dai nickt. Sie werden das Zeichen schon finden. Sie nehmen sich alle an den Händen. Dego stellt sich neben sie und ihre freie Hand streicht über seine mächtigen Flügel. Pëp murmelt: „Auf drei ... eins ... zwei ..." Wie in einem Chor sagen sie gleichzeitig: „Ego Drãc repitiro, Drãc me est!" Dai schaut zu Dego. Einige Sekunden passiert nichts. Dai will den Spruch schon wiederholen, dann leuchtet es ihr ein. „Leute? Hat Tão nicht gesagt, dass wir den Segen bereits erhalten haben?" Nur zu gut erinnert sie sich an den Traum, den sie vor ihrem Aufstieg auf den Kessel hatten. „Einleuchtend. Sollen ... sollen wir einfach losfliegen?" Pëp schaut die beiden an. Dai nickt. „Auf in Richtung Heimat!" Plötzlich sackt ihr das Herz in die Hose. Sie hat es plötzlich nicht mehr so eilig, nachhause zu kommen. Sie denkt an all die Dinge, die sie, ihr Bruder, Pëp, Tão und auch Iou zusammen erlebt haben. Sie umarmt Pëp. Plötzlich ist sie sich nicht mehr sicher, ob sie so eilig zurück will. Pëp murmelt: „Wir sehen uns bestimmt bald wieder, Kleine, okay?" Sie nickt, Tränen laufen über ihre Wangen. Sie lässt das Mädchen, das in den letzten Wochen zu ihrer besten Freundin geworden ist, los. Pëp ist die Freundin, die sie noch nie hatte. Dann umarmt Pëp Schè. Der große, starke Schè weint. Sie hat ihn ehrlich gesagt noch nie weinen gesehen. Er vergräbt sich in ihrer Schulter. Sie redet auf ihn ein, was sie sagt, hört Dai nicht. Ihr Blick wandert runter. Sie sieht das Lager und den See. Schemenhaft erkennt sie Iou am Feuer. Traurig wendet sie sich ab. „Tschüss Dai! Du wirst mir fehlen!" Pëp nimmt ihre Wangen in die Hände. Dai nickt. „Du mir auch, Pëp ..." Sie sucht nach Worten, die ihre Trauer beschreiben, doch keine Worte der Welt könnten beschreiben, wie ihr zumute ist. Dann müssen sie gehen. Dai klettert auf Dego. Pëp geht zu Vio, Schè zu Laz. Die Drachen erheben sich in die Luft. Vio dreht in den Osten ab, Schè und sie fliegen nach Norden.

Die Landschaft fliegt an ihnen vorüber. Langsam drängt das Heimweh den Schmerz über die Trennung aus ihren Gedanken. Sie schaut Schè an. Die aufregendste Reise ihres Lebens hat nun ein Ende.

Doch was Dai jetzt noch nicht weiß, ist, dass diese Reise gerade erst angefangen hat ...

Die Autorin

Jana Fischer wurde 2001 in Groß-Gerau, Hessen, geboren. Sie begann bereits im zarten Alter von acht Jahren zu schreiben und veröffentlichte 2021 ihren ersten Roman, „Die Reise zum Mondstein". Ihre Freizeit widmet sie ihren Hunden, daneben zählen Reiten, Lesen und Gaming zu ihren liebsten Hobbys. Derzeit macht sie ihr Abitur, an das sie ein Biologiestudium anschließen möchte.

Der Verlag

„ *Wer aufhört
besser zu werden,
hat aufgehört
gut zu sein!*

Basierend auf diesem Motto ist es dem novum Verlag ein Anliegen neue Manuskripte aufzuspüren, zu veröffentlichen und deren Autoren langfristig zu fördern. Mittlerweile gilt der 1997 gegründete und mehrfach prämierte Verlag als Spezialist für Neuautoren in Deutschland, Österreich und der Schweiz.

Für jedes neue Manuskript wird innerhalb weniger Wochen eine kostenfreie, unverbindliche Lektorats-Prüfung erstellt.

Weitere Informationen zum Verlag und seinen Büchern finden Sie im Internet unter:

www.novumverlag.com